KB269703

콜센터

콜센터

김의경 장편소설

은행나무

차례

강주리

5층짜리 (주)엔씨파워 건물 옥상에서 연기가 뿜어져나와 서너 개의 머리 위에서 흩어졌다. 삼삼오오 옥상 난간에 기대어 담배를 피우는 여자들의 입에서 독한 연기와 함께 탄식이 흘러나왔다. 상기된 여대생들은 온갖 쌍욕을 뱉어냈고 사복과 짙은 화장으로도 나이를 숨길 수 없는 여고생들은 전화로 남자진구에게 푸념을 늘어놓았다. 한쪽 구석에 홀로 선 주리는 건물 아래를 내려다보다가 시선을 위로 올렸다. 왜 이런 곳에 입주한 걸까. 콜센터에 적합지 않은 건물이었다. 언젠가는 허물어질 것처럼 낡은데다 양옆으로 키 큰 건물이 들어서 있어 가운데 이빨이 빠진 잇몸 모양새였다. 하늘은 맑은데 비라도 올 것처럼 습기가 느껴졌다. 그러니 정말로 덩치 큰 동물의 잇몸에 내려앉은 듯 불쾌한 냄새와 촉감이 온몸을 휘감았다. 양쪽 건물에서 누군가 내려다보고 있을 것 같았다. 주리는 그 시선에 화답하듯 왼쪽 건물 꼭대기 층의 까만색 블라인드가 쳐진 창을 올려다봤다.

주리는 헬리콥터를 타고 위에서 내려다본다면 하루 종일 담배 연기가 끊임없이 올라오는 건물은 전국에서 이 건물뿐일 거라고 생각했다. 주리가 목을 한 바퀴 돌린 뒤 힘들게 끊은 담배에 불을 붙이려는 순간 옥상 문이 열리며 현아 실장이 뛰어들어왔다.

"빨리빨리 내려가. 민원 들어왔어. 담배 피우는 것들 다 고소한대."

"담배 안 피우면 이 일 못해요."

실장은 불평하는 여대생의 등판을 후려치며 말했다.

"차라리 남자애들처럼 밖에 나가서 피우고 와."

현아 실장은 몸을 틀어 체크무늬 치마 교복을 입은 여고생들에게 다가가 말했다.

"김은하, 박솔희! 미성년자는 금연이라고 했어, 안 했어?"

"실장니임, 한 번만 봐주세요. 네?"

"어제도 회사 밖 빌라 주차장에서 미성년자 흡연한다고

민원 들어왔었는데 너희들이지?"

"아니요. 그게 누군진 알지만 제 입으론 말 못해요."

여고생들은 웃으며 담배꽁초를 건물 밖으로 추락시켰다.

"이것들이 군기가 빠져서. 은하 너 그냥 끊었다면서? 그것 때문에 전문팀 머리에 연기 나고 있어."

"어, 그 또라이 또 전화했어요?"

"네가 그냥 끊기만 했으면 전화선 문제라고 둘러댈 텐데 씨발, 하면서 끊었다면서?"

"버튼에 문제 있나봐요. 음소거 버튼 누르고 씨발, 했는데. 녹취 들어보셨어요? 그 정도면 많이 참은 거예요."

여고생의 눈에 연기인 것이 분명한 눈물이 차오르자 현아 실장은 타이르듯이 말했다.

"그래도 그럼 안 되지. 어쨌든 그놈들은 고객님 아니냐. 내가 그 고객놈들 때문에 이렇게 살쪘어. 처음에는 홀쭉했거든."

여고생들은 "거짓말" 하면서도 "실장님 사랑해요" 하며 아래층으로 내려갔다.

콜센터 구성원은 80퍼센트가 대학생과 휴학생 그리고 졸업한 지 얼마 안 된 취업준비생으로 이루어져 있었다. 나머지를 서른 살 이상의 미혼 여성과 아줌마, 그리고 여고생이 차지하고 있었다. 고등학생의 경우 부모동의서가 있어야 한다는데 엄마 도장을 슬쩍해 찍어 온다는 것을 알면서도 눈감아주는 눈치였다. 지금처럼 크리스마스를 앞둔 때에는 여고생 아르바이트생이 아쉬울 만큼 콜센터는 인력 이탈이 잦았다.

주리는 몸을 숨긴 채로 현아 실장을 관찰했다. 현아 실장은 빗자루를 들고 상담사들이 흘린 담뱃재와 담배꽁초를 치우며 구시렁댔다. 투실투실한 몸매의 현아 실장은 학원 강사 같았다. 그녀는 마음이 약해서 고딩들에게 마구 휘둘렸다.

주리는 담배를 한두 모금 들이마신 다음, 발로 비벼 끄고 아래층으로 내려갔다. 부스에 앉으려는데 건너편 부스에 앉은 용희가 입 모양으로 왜 혼자 갔다 왔느냐고 물었다. 주리는 실장 눈을 피해 카카오톡 문자를 보냈다.

—담배 너무 당겨서. 진상 때문에.

자리에 앉아 전화를 받자마자 혀를 날카롭게 벼린 고객이 칼날 같은 음성을 고막에 쑤셔 박았다.

"왜 이렇게 대답이 느려? 너 딴생각했지?"

"고객님, 죄송합니다. 제가 가는귀가 좀 먹어서요."

주리가 한층 간드러진 목소리로 사과를 하자 고객은 보아하니 이것 말고는 할 거 없는 애 같은데 귀까지 안 좋으면 어떻게 하느냐며 혀를 찬 후 주문을 계속했다.

"스위트 골드 피자, 양파 빼고. 양파 넣으면 죽여버릴 거야. 나 양파 알레르기 있거든."

주리는 새어나오려는 한숨을 가까스로 삼키며 입력을 마쳤다. 피자 한 판 주문하면서 반말은 기본이고 죽여버린다는 협박도 마다 않는다. 도대체 어떻게 생겨먹은 인간일까? 성격이 저따위니 친구가 있을 리 없고 취직도 못했을 것이고 마흔 되도록 부모에게 빌붙어 살며 일주일에 한 번 피자 한 판 시켜 먹는 인간일 것이다. 과거 주문 내역을 확인해보니 아니나 다를까 평일 낮, 일주일에 한 번이었다. 물론 콜센터 진상들이 백수라는 건 편견에 불과했다. 지난 주만 해도 수술할 때마다 피자를 시킨 다음 온갖 핑계를 대며 피자값을 안 내는 종합병원 의사와 경쟁이라도 하듯, 어머니뻘 되는 상담사에게 '잘못했습니다'를 50번 복창하게 한 스튜어디스가 등장했지 않은가.

전화기 너머 진상은 늘 양파를 빼달라고 요구했다. 양파 알레르기는 서릿발이 아닌 모양이었다. 주리는 '양파 제외'라고 입력하면서도 주방장이 깜빡 잊고 피자에 양파를 듬뿍 넣기를 바랐다. 고객이 양파를 뿌린 피자를 먹고 피를 토하는 모습을 상상해도 얼굴 없는 고객에 대한 적의는 풀리지 않았다. 새삼 이 일이 전화기로 이루어지는 작업이라는 것에 안도감이 들었다. 고객이 앞에 있다면 주먹질하지 않을 수 있을까? 주리는 그러기 전에 이곳에서 탈출하고 싶었다. 하지만 얼마 전 눈을 낮춰 아력서를 넣은 기업에서조차 1차 서류 합격 문자가 오지 않고 있었다.

주리는 통화가 끝났는데도 통화를 하는 것처럼 입 모양으로만 종알대며 잠시 쉬었다. 이렇게 입을 움직이며 쉬는 방법을 익히는 데도 한참이 걸렸다. 작은 부스에 여고생부터 사오십대 주부까지 담담한 척 앉아 있지만 귓속으로 파고드는 온갖 배설물을 홀로 외롭게 처리하고 있는 셈이었다. 주리는 실장의 눈치를 보며 화장실에 다녀올 기회를 엿보았다. 주리는 몸을 낮게 숙인 채로 화장실로 들어갔다. 변기에 앉기도 전에 누군가 화장실 문을 세게 두드렸다.

"화장실은 3분씩! 왜 이렇게 오래 들어앉아 있어? 다른 사람들 다 열심히 콜 받는데 화장실에 숨어 있는 사람 누구야?"

문영 실장이었다. 소변이 나오려다가 다시 들어갔다. 주리는 잔뜩 예민해져 소변을 보는 데 시간이 걸렸다. 화장실에서 나온 주리는 문영 실장의 시선을 피해 자기 자리로 돌아왔다. 그러고는 전광판 위에 자신의 이름이 보일 때까지 열심히 전화를 받았다. 전광판은 시간 단위로 카운트가 되는데 전화를 많이 받는 순서로 이름이 떴다. 한 시간 동안 열네 통의 전화를 받자 2등이었던 주리의 이름이 1등

자리로 올라섰다. 주리는 후룸라이드를 타고 높은 곳에서 거침없이 빠르게 내려온 것처럼 짜릿했다. 1등이라니. 무언가에서 1등을 해보기는 정말 오랜만이었다. 하지만 금세 침울해졌다. 서류 통과도 못하고 있는 취준생 처지라 고작 이런 것에 기뻐하는 걸까. 문득 그런 생각이 들어서였다.

2시. 평소보다 늦어진 점심 시간에 용희는 어서 메뉴를 정하라고 재촉을 했다. 오늘은 분명 3시 전에 밥을 못 먹겠지 싶어 콜을 받으면서 초콜릿 바를 베어 먹었는데도 주리의 뱃속에서는 발정 난 고양이가 울어댔다.

"뚝불 곱빼기요."

주리는 용희에게 "맨날 뚝불 곱빼기야?" 했으면서도 오늘은 용희와 같은 메뉴를 시켰다. 오늘따라 유난히 갑절로 허기지고 피곤했다. 오만상을 짓고 있는 주리를 대신해 용희가 문영 실장 욕을 해주었다.

"씨발년, 그년 때문에 변비 생겼어. 걔도 10년 전엔 일반 상담사였다면서?"

"그래?"

"일반에서 전문상담사 몇 년 하다가 지금은 관리직."

"징하다. 어떻게 이런 일을 10년이나 하냐? 불쌍하다 불쌍해."

콜센터

“걔도 처음엔 알바로 시작했대. 처음엔 오주문 많이 냈
는데 나중에는 시간당 40개씩 받고 그랬대.”

주리는 사레가 들려 캑캑거리다가 물을 마셨다. 시간당
40개씩 주문을 받았다는 말에 놀라서가 아니었다. 처음엔
알바로 시작했다는 말이 숨통을 막았다. 용희가 창밖을 올
려다보며 손을 흔들었다. 시현이 건너편 스타벅스 2층에서
용희와 주리를 내려다보며 손을 흔들고 있었다. 시현은 늘
먹는, 생크림을 올리지 않은 그린 티 프라푸치노를 손에
들고 있었다. 주리도 시현에게 손을 흔들어주며 말했다.

“신기해. 쟤는 매일 저걸로 어떻게 버티나 몰라.”

시현은 전문상담사가 된 후로 매일 음료수 한 개로 끼니
를 때웠다. 용희가 고기를 한가득 입에 넣으며 말했다.

“저걸로 열 식히나봐. 그리고 아무래도 전문상담사 쪽이
콜 수가 적으니까.”

주리는 목을 돌리며 말했다.

“콜 수는 적어도 진상들이잖아. 그것들은 하나당 정상
고객 다섯 명 아니, 열 명 상대하는 것보다 힘들걸.”

“하긴. 그러니까 시급을 더 주겠지.”

시현은 용희, 주리와 함께 입사했지만 지난달부터 전문
상담사로 승격했다. 시현은 아나운서 지망생답게 목소리
가 예뻤다. 듣고 있으면 편안하게 잠들 수 있을 것 같은 맑

은 음성이었고 메트로놈을 켜놓은 것처럼 말의 속도가 적절했다. 진상들도 그런 시현의 목소리를 들으면 잠잠해지는 모양이었다. 하지만 '진상들만' 전문적으로 상대해야 한다니. 시급이 천 원 더 많지만 주리는 전혀 부럽지 않았다. 그런데 요즘 들어서는 천 원씩이라도 더 받아서 어서 돈을 모아야 하는 것 아닌가 하는 생각이 들었다. 이곳에서 낭비되는 시간을 조금이라도 줄이려면 그 수밖엔 없을 것 같았다.

물을 마시던 용희가 어느새 식당 문 앞에 와서 선 시현을 향해 어서 들어오라는 손짓을 해 보였다. 시현이 문을 밀고 들어오자 옆 테이블에 앉은 남자의 시선이 오래도록 시현에게 멎었다. 용희가 시현에게 물었다.

"오늘 데이트 있어? 왜 이렇게 빼입었어?"

"10시에 끝나는데 데이트는 무슨."

주리는 시현이 밤늦은 퇴근길에 고급 외제차에 올라타는 것을 여러 번 보았다. 차도 한 대가 아니라 서너 대였다. 남자가 서너 대의 차를 모는 부자이거나 시현이 양다리, 아니 서너 다리를 걸치고 있다는 뜻이었다. 그러고 보니 주리는 연애다운 연애를 해본 지가 2년이 넘었다. 취업 간담회에 기웃거리고 토익 공부를 하느라 연애라는 야들야들한 단어는 한동안 떠올리지도 못했다.

비가 올 것처럼 하늘이 흐렸다. 창밖을 보는 용희의 얼굴이 어두웠다. 눈이나 비가 오는 날엔 콜이 빗발쳤다. 시현이 핸드폰을 들고 잠시 밖으로 나갔을 때 용희는 시현과 자신의 차이를 이렇게 설명했다.

"내 생각엔 일이냐 취미냐의 차이인 것 같아. 시현이가 이 일을 취미 삼아 한다면 나는 먹고살기 위해 하거든. 잘리면 안 된다는 생각에 비굴해지고 눈앞에 있지도 않은 블랙컨슈머에게 잘 보이려고 애쓰게 되고. 시현이는 잘려도 별 상관없으니 늘 여유 있는 거 아니겠어?"

주리는 용희를 물끄러미 바라보다가 작게 한숨을 내쉬었다. 주리에게도 이 일은 하고 싶은 일이 아니었다. 한시라도 빨리 그만두고 싶은 일, 그런데도 섣불리 그만둘 수 없는 일. 주리는 용희와 눈을 맞추며 위로하듯이 부드럽게 말했다.

"네가 왜 잘리면 안 돼? 너 이거 말고도 할 일 많잖아. 사촌동생들 과외해도 되고."

"나 가르치는 거 자신 없어. 교생실습 나갈 생각만 해도 끔찍해서 교직 이수 안 한 거야."

"난 네가 선생 하고 싶어 하는 줄 알았는데."

"내가 아니라 우리 엄마가 바라는 거지. 근데 솔직히 요즘은 후회가 돼. 엄마 말대로 국사 선생이 되었으면 좋았을까. 안정적이고 방학도 있고.”

“선 자리도 좋은 데 들어오고.”

주리는 비아냥대듯이 말했지만 용희는 순순히 수긍했다.

“그래. 솔직히 말하자면. 남자들은 신붓감으로 교사 좋아하잖아.”

국사학 전공인 용희는 교직 이수를 하지 않은 것을 두고두고 후회했다. 남자친구와의 관계가 소원해질수록 교사직에 대한 용희의 미련은 강해졌다. 주리는 용희에게 무슨 말을 하려다가 입을 다물었다. 용희네 집은 요즘 사정이 좋지 않은 것 같았다. 용희 어머니는 대학 1학년 때부터 용희에게 학비 외에는 지원해줄 수 없다고 엄포를 놓으셨다고 한다. 천만 원이 넘는 학자금 대출 빚이 있는 주리는 용희의 푸념이 엄살로 느껴졌다. 부모님이 학비라도 제대로 대주었다면 주리는 진즉에 취업했을 것이다. 학과 동기들 중에 취업한 애들은 모두 집안 사정이 좋은 애들이었다. 생활비와 학비 모두 부모에게 조달받을 수 있는 아이들, 아르바이트를 하지 않아도 되는 아이들 말이다. 물론 그 애들에게 열정과 노력이 없다는 말은 아니었다. 열정과 노력은 옵션이 아니라 필수였다.

시현이 안으로 들어와 말했다.

“실장이 콜 빗발친다고 빨리 들어오래.”

용희가 숟가락을 세게 내려놓으며 짜증을 냈다.

"미친. 밥을 20분 만에 먹으라는 게 말이 되냐?"

세 사람이 이곳에서 일을 시작한 지 벌써 1년 8개월이 되었다. 누구도 예상치 못했다. 1년 넘게 이곳에서 일하게 될 줄은. 1년이 될 때까지는 그럭저럭 농담도 하면서 일했지만 지금은 서로 피로감을 굳이 숨기지 않았다. 주리는 최대 2년 반까지만 이곳에 다닐 생각이었다. 이곳에서 3년, 4년 취업하지 못하고 나이 들어간다는 것은 상상하기도 싫었다. 하지만 이 일마저 그만두면 어떤 일을 해야 할지 막막했다. 정신적인 스트레스가 심하지만 이만큼 몸이 편한 일도 드물었다. 한여름의 폭염 속에서 무료 시음 행사를 진행하고 겨울날 칼바람을 맞으며 물건을 팔아본 주리는 한 달 만에 콜센터를 그만둬버리는 대학 1, 2학년 애들이 철없어 보였다. 주리는 요즘 실장들에게 종종 칭찬을 들었다. 잘하면 전문상담사로 승격할 수도 있을 것 같았다. 방광이 꽉 찼을 때 화장실에 가는 것도 그래서였다. 주리는 자발적으로 이번 주말에도 일하겠다고 했다. 몇 달 더 열심히 일해서 목돈을 모은 다음 반년 동안 고모가 있는 호주로 어학연수를 가서 어학 공부와 취업 준비를 병행하는 것이 주리의 목표였다. 그동안 취업에 실패한 건 집중하지 못했기 때문이었다. 오전에만 근무했을 때는 오후 시간에 피곤해서 공부에 집중하지 못했고, 오후에만 근무했을 때는 아침에 일어나는 것이 힘들어 아침 시간을 전부 날려먹었다. 주말에만 해볼까 생각했지만 그건 또 돈이 너무 적어서 곤란했다. 주리는 이번 달부터는 아침부터 저녁까지 풀타임으로 전화를 받고 있었다.

식당 밖으로 나오니 빗방울이 떨어졌다. 시현이 식당 건너편의 배스킨라빈스를 가리키며 말했다.

"우리 아이스크림 먹고 가자. 내가 쏠게."

어서 들어오라는 실장의 재촉 문자가 다시 도착했지만 세 사람은 코트를 벗어 머리 위에 덮어쓰고 아이스크림 가게 쪽으로 우르르 뛰었다.

주리는 입 안에서 아이스크림을 최대한 천천히 녹이며 수다를 떨었다. 용희가 시현에게 살찐 것 같다고 하자 시현이 눈살을 찌푸리며 말했다.

"맨날 떨어지니까 스트레스 받아서 그런가봐."

주리가 시현을 보며 말했다.

"나는 잘 모르겠는데? 그래도 마른 편이잖아."

"찐 거 맞아. 체중 늘었어."

시현의 허벅지는 좀 과장하자면 보통 여자의 종아리처럼 가늘었다. 어떻게 저 다리로 땅을 딛고 성큼성큼 걸어다니는지 모를 일이었다. 그런데도 시현은 텔레비전은 실물보다 확대되어 나오니까 살이 찌면 큰일 난다고 입버릇처럼 말했다. 요거트 아이스크림을 입안에 넣던 시현이 미소를 띠며 말했다.

"이번에 지방 방송국에 원서 넣었거든. 거긴 가능성 있어. 합격하면 바로 관둬야지."

시현이 핸드폰을 들여다보며 말했다.

"난 들어가볼게. 진상 출몰했다고 지금 당장 들어오래."

시현이 나가자 용희는 캐러멜시럽이 잔뜩 뿌려진 아이스크림을 하나 더 시켰다. 주리는 1년 8개월 동안 한 가지 시험에 매달리는 시현을 보면서 시현이 어서 아나운서 시험에 합격했으면 좋겠다고 생각하면서도, 언젠가 식당 한 구석에서 텔레비전에 나오는 시현을 보면서 20분짜리 점심 식사를 할 생각을 하면 정신이 아득해졌다. 용희가 컵에 남은 아이스크림을 플라스틱 스푼으로 휘저으며 말했다.

"크리스마스를 이곳에서 두 번이나 보내게 될 줄이야."

주리는 지난해 크리스마스, 말로만 듣던 '크리스마스의 쓰나미'가 몰려오던 순간을 잊을 수 없었다. 내일 공포의 쓰나미를 다시 한번 마주해야 한다. 주리는 도망가고 싶었다. 하지만 자연재해를 무슨 수로 막겠는가. 내일이나 모레 조퇴를 하거나 결근한다는 건 그만두겠다는 말이나 마찬가지였다. 크리스마스이브와 크리스마스는 엄청나게 주문이 쏟아지는 콜센터 특수이기 때문이다. 주리는 용희와 한참 동안 푸념을 하다가 얼굴을 찡그린 채로 센터로 돌아와 헤드셋을 착용했다.

자리에 앉은 지 10분도 되지 않아 현아 실장의 불호령이 떨어졌다.

"우용희! 너 왜 인천 연희동을 서대문구 연희동으로 넣었어? 신입이나 하는 실수를 대체 왜 하고 그래?"

건너편 부스에 앉은 용희는 실장의 책상으로 달려가 컴퓨터를 확인했다. 용희는 고개를 갸웃거렸다. 자신이 받은 주문이 분명하긴 한데 잘 기억나지 않는 모양이었다.

"에이씨, 어차피 제가 물어내는 거잖아요."

용희가 실장에게 반항한 적은 없었으므로 현아 실장도 헛기침을 한 뒤 한 박자 늦게 소리쳤다.

"너만 물어내? 너랑 회사랑 반반이잖아. 우용희, 정신 차려. 오늘은 크리스마스이브 전날인데다가 금요일이라서 콜이 많지만 내일에 비하면 새 발의 피야. 24, 25일은 어떻게 하려고 그래?"

"아직 진상에게 익숙지가 않아서 그래요."

"너 입사한 지 1년 반이 넘었는데 아직도 익숙지가 않아? 창피한 줄 알아. 지수는 저렇게 잘하는데. 지수는 전문 상담사 시켜야 하는데 쟤가 빠지면 콜을 많이 놓칠 거 같아서 아직 잡아두고 있는 거야. 주리랑 용희 분발해. 지수랑 입사 동기잖아."

왜 나까지 끌어들이는 걸까. 주리는 실장 곁에 선 용희와 약속이라도 한 듯 동시에 지수를 쳐다봤다. 지수는 같은 날 입사해 함께 교육을 받은 애였다. 친구도 없이 혼자 다니는 지수의 첫인상은 '고래'였다. 고개를 푹 수그리고 있어서 얼굴은 잘 보이지도 않았고 넓고 커다란 등만 눈에 들어왔다. 등을 구부정하게 꺾은 채로 뒤쪽에 앉아 교육을 받던 뚱보 여자애는 지금 콜센터에서 없어서는 안 될 1등 상담사였다. 지수는 목소리가 예뻤다. 주리는 저 거대한 몸을 통과하는 소리가 어떻게 저렇게 아름답게 발성되는 것인지 알 수 없었다. 다른 사람도 아니고 지수랑 비교를 당하니 비참했다. 그나저나 용희는 아침부터 실수 연발이었다.

주리는 저녁 식사 시간이 되어서야 용희가 그토록 정신을 못 차린 이유를 알게 되었다.

"1차 면접 결과 나왔어."

주리는 짐짓 태연한 척 말했다.

"그래? 워낙 경쟁률이 높은 데니까."

용희가 한숨을 내쉬며 말했다.

"혹시나 하고 기대했는데."

며칠 전 용희에게 서류 전형 합격 문자가 왔을 때 주리는 놀라다 못해 기가 막혔다. 둘이서 같은 회사에 서류를 넣었는데 기적처럼 용희가 서류 전형을 통과한 것이다. 주리만큼이나 용희도 놀란 것 같았다. 친구 따라 강남 간다고 주리가 넣는 곳에 용희도 그냥 한번 넣어본 것이기 때문이다. 주리는 축하한다고 했지만 옥상으로 올라가 눈물을 쏟아냈다. 그런데 이렇게 되고 보니 질투했던 게 미안했다. 면접까지 보는 수고를 한 용희가 더 억울할 것이다. 주리는 속내를 드러내지 않고 용희에게 면접 정보까지 샅샅이 뽑아냈다. 마지막에 웃는 자가 승자다. 주리는 그 회사에 한 번 더 서류를 넣어볼 생각이었다.

주리는 하고 싶은 일이 분명했지만 용희는 아니었다. 용희는 어디든 붙으면 서른 직전까지 다니다가 결혼하고 싶다고 했다. 솔직히 전업주부로 살고 싶고 일을 하더라도 재택근무를 하고 싶다고 했다. 요컨대 대기업에 다니는 남자친구와 수준을 맞추기 위해 취업하겠다는 소리였다. 주리는 아직도 어떻게 자신이 아닌 용희가 서류 전형을 통과했는지 이해하기 힘들었다. 학점도, 토익 점수도 주리가 좋았다. 주리의 전공이 취업에 더 유리한 학과였다. 용희가 쌍꺼풀 수술을 받을 때 나도 함께 받았어야 했을까. 주리는 화장실에 갈 때마다 거울에 비친 쌍꺼풀 없는 자신의 밋밋한 눈을 들여다봤다.

주리는 전 세계를 휘젓고 다니고 싶었다. 주리는 국내 기업의 해외영업팀부터 외국계 기업까지 많은 회사에 원서를 넣고 있었지만 넣는 족족 떨어졌다. 면접 기회조차 쉽게 주어지지 않았다. 반면 콜센터 면접은 너무나 쉽게 주어졌다. 그것이 주리가 이곳에 다니게 된 첫 번째 이유였다.

우용희

용희는 점심을 먹은 지 두 시간밖에 되지 않았지만 허기가 졌다. 센터에는 점심 시간, 저녁 시간이라는 것이 따로 없었다. 11시, 그리고 5시 즈음에 인트라넷 게시판에 점심, 저녁 시간 공고가 났고 자신의 이름이 올라 있는 시간에 밖으로 나가 알아서 끼니를 해결해야 했다. 점심만 해도 어떤 날은 12시, 어떤 날은 3시, 매일 식사하는 시간이 달랐다. 최악의 경우 11시에 점심을 먹고 8시에 저녁을 먹어야 했다. 그래서일 거다. 용희는 만성적인 소화불량에 시달렸다. 그나마 다행인 것은 실장이 세 명이 친한 것을 아는지 늘 시현, 주리와 같은 식사 시간에 용희를 넣어준다는 것이었다.

센터에서 상담사들에게 제공하는 유일한 복지는 콜센터 인근 세 곳의 식당에서 식권지급기에서 직접 구입한 식권으로 식사를 할 수 있도록 한 것이었다. 식권은 3천 원이었고 4~6천 원 정도의 메뉴이니 원래 가격에서 2천 원쯤 할인된 가격으로 밥을 먹을 수 있었다. 좀 치사하다 싶었지만 그마저도 없어진다는 소문이 돌았다. 제육볶음, 뚝배기 불고기 같은 기름진 음식을 빠른 속도로 먹고 전화를 받으면 속이 더부룩한데도 허기가 느껴졌다. 하지만 오늘의 허기는 식사 속도 때문만은 아닌 것 같았다. 용희는 스마트폰을 한 번 더 들여다봤다. 명수에게서는 여전히 연락이 없었다.

수십 통의 전화를 받는 중에 다섯 시간이 빠르게 흘러갔다. 벌써 창밖이 어두웠다. 또다시 밥 먹을 시간이었다. 용희는 7시 정각이 되자마자 자리에서 일어나 식권지급기로 달려갔다. 시현은 계단을 내려가면서 악질 진상에게 걸렸다고 푸념을 했다. 용희는 밥을 먹은 후 편의점 커피를 마시자는 주리에게 기왕에 커피를 마실 거면 타로 카페에 가서 마시자고 했다. 시현은 기꺼이 같이 가겠다고 했고 주리는 싫다고 하면서도 말없이 따라왔다.

"지난달에 나 직업운 안 좋다고 했는데 정확히 맞았단 말이야."

용희는 재미로 시작한 타로점이 자꾸만 교묘하게 맞아 떨어져서 최근에는 시현과 주리를 잡아끌고 월례 행사처럼 타로 카페로 행차했다.

카페에 들어서자 창가 쪽 테이블에 앉은 낯익은 얼굴들이 보였다. 콜센터 상담사들이었다. 용희는 저 애들이나 자신이나 궁금한 것은 비슷할 거라고 생각했다. 직업운과 연애운. 언제 취업이 될 것인가, 그리고 언제 결혼할 사람을 만날 것인가. 이십대로 보이는 남자 점쟁이가 용희가 뽑은 타로 카드를 펼치며 말했다.

"지금 다니는 곳에 계속 다니는 건 어때? 여기에 오래 다닌다고 나오는데."

시현이 풋, 하고 웃음을 터트렸다. 용희는 자리에서 벌떡 일어나 밖으로 나왔다.

"재수 없는 점쟁이, 다시는 오나봐라."

주리는 엉터리니 신경 쓰지 말라고 했고 시현은 웃으며 말했다.

"그냥 재미로 보는 건데 왜 신경 쓰고 그래? 그리고 콜센터 오래 다니는 게 어때서?"

용희가 버럭 소리를 질렀다.

"어때서라니? 넌 여기 오래 다니면 좋겠어?"

용희는 빠르게 앞서 걸었다. 오늘은 감정 조절 나사가

풀린 것처럼 쉽게 짜증이 났다. 용희는 화를 가라앉히기 위해 심호흡을 하며 걸었다.

모두 약속이라도 한 듯이 콜센터 옥상으로 올라갔다. 용희는 시현이 자신을 비웃는 것 같아 기분이 나빴다. 마치 시현이 자신은 용희, 주리와는 다른 처지라고 생각하는 것 같아서 비위가 상했다. 하긴 재는 처음부터 저랬지. 새삼 시현에 대한 적의가 불타올랐다.

입사하고 일주일쯤 지나 처음으로 인사를 나눴을 때 시현은 용희와 주리에게 자기는 '심심해서' 콜센터에 나온다고 했다. 시현은 대학 3학년 때부터 아나운서 준비를 했는데 단번에 될 리는 없으므로 일단 아나운서 아카데미에 들어갔다고 했다. 그곳에 다니면서 시험을 봤지만 계속 떨어져서 사회 경험도 할 겸 아르바이트를 하면서 준비하기로 했다는 것이다. 기왕 하는 거 방송하고 관련된 일로 골랐다고 했다. 용희가 고개를 갸웃하며 물었다.

"방송이랑 콜센터가 무슨 관련이 있는데?"

답변은 시현이 아닌 주리가 했다.

"신속함? 위기 대응성? 콜센터 상담사도 아나운서도 신속하게 대처해야 하잖아."

시현은 긍정도 부정도 하지 않았지만 용희는 웃으며 이렇게 말했다.

“인내심이겠지.”

용희 생각에 이곳에서 얻을 수 있는 건 인내심 말고는 없었다. 1년 8개월이 지난 지금도 그 생각엔 변함이 없었다. 이곳에서 ‘진상고객’이라는 거대한 똥을 치워본 시현은 방송국에서도 잘 버텨낼 수 있을 것이다.

처음에는 시현이 허풍을 떤다고 생각했지만 시현이 입고 다니는 옷이나 가방이 대부분 명품이었으므로 시현의 말을 믿을 수밖에 없었다. 특히나 시현의 도자기 같은 피부는 감탄을 자아낼 정도였다. 타고난 것도 있겠지만 지속적인 관리가 아니면 불가능할 것이었다. 하지만 ‘심심해서’ 콜센터에 다니는 것이 아닌 용희는 하루하루가 지옥이었다.

용희는 점쟁이에게 한 번 더 저주를 퍼부은 다음 어둑한 옥상 난간에 기대어 서서 담배를 피우다가 한쪽 구석에 놓인 낡은 소파를 쳐다보며 주리에게 말했다.

“그 아줌마 그만뒀더라.”

“누구?”

용희가 소파를 가리키며 말했다.

“저기서 매일 담배 피우던 쇼트커트 아줌마.”

이 시간에는 늘 그 아줌마가 저 소파에 앉아 감질나게 담배를 피웠는데 앞으로는 그 모습을 볼 수 없다고 생각하니 기분이 묘했다. 혹시 퇴직금을 안 주려고 자른 게 아닐까. 그녀는 두 달만 채우면 1년이 되어 퇴직금을 받을 수 있었다. 콜센터에는 일을 잘하지 못하는 주부 사원에게 1년이 되기 전에 문영 실장이 퇴사를 종용한다는 소문이 있었다. 용희가 그녀를 기억하는 이유는 그녀가 자신과 주리를 유난히 귀찮게 했기 때문이었다. 주부들은 컴퓨터에 서툰 경우가 많아서 원체 오래 버티지 못했지만 그 아줌마는 꽤 오래 버텼다. 학생, 신용카드 어떻게 입력해? 학생, 고객이 매장에 전화가 안 걸린다는데 뭐라고 해? 주문을 받고 있을 때도 질문을 퍼부어서 짜증이 날 정도였다. 노골적으로 경멸하는 표정을 지어도 아줌마는 웃으며 좀 도와달라고 했다. 주리는 아예 그 아줌마와 멀찍이 떨어져 자리를 잡았지만 용희는 그녀가 신경 쓰였다. 그녀에게는 어딘가 아버지와 이혼한 뒤 억척스럽게 자신을 키운 엄마를 떠올리게 하는 구석이 있었다. 엄마는 건물 청소부터 식당 일까지 가리지 않았다. 덕분에 용희는 학비 걱정 없이 대학까지 마칠 수 있었다. 그 아줌마는 이제 어디로 갈까. 공장이나 마트? 파출부? 이보다 육체적으로 더 고된 곳밖에 남지 않았을 것이다. 용희는 취준생 주제에 아줌마 걱정이나 하는 스스로가 한심했다. 아줌마는 밥 먹여주는 남편이라도 있지 않은가. 엄마는 용희에게 결혼이라도 하라고 성화였지만 취업만큼이나 힘든 것이 결혼이었다. 요즘 남자들이 맞벌이를 원한다는 것쯤이야 용희도 알고 있었다. 엄마는 명수가 아파트 살 돈이 없다고 다른 남자를 알아보라고 했지만 대기업에 취직한 명수를 용희가 내칠 수 있는 입장도 아니었다.

이제 좀 하고 싶은 이야기를 꺼내려는데 주리는 속이 안 좋다는 핑계를 대며 옥상 문으로 다가갔다.

"강주리, 조금만 더 있다가 가."

주리는 뒤도 한 번 안 돌아보고 사라져버렸다. 용희는 주리의 등에 대고 욕을 하며 무심코 건너편 난간으로 시선을 돌렸다. 그곳에는 경준이 서 있었다. 그가 시현에게 손을 흔들어 인사를 했다. 시현은 경준이 보이지도 않는지 아무런 반응을 보이지 않았다. 지난해까지만 해도 두 사람은 인사를 하고 지냈는데 언젠가부터 시현은 경준을 투명인간 취급했다. 시현에게 잘 보이려는 남자야 쌔고 쌨지만 센터에서 돈을 가장 많이 벌어 간다는 경준은 처음부터 시현에게 노골적으로 관심을 표했다. 우연히 경준과 식사 시간이 겹치면 시현과 더불어 용희와 주리도 짜장면이나 된장찌개가 아닌, 수제 버거에 리코타 치즈 샐러드와 홈메이드 요거트를 곁들인 브런치를 대접받았다. 브런치 카페에서 그런 음식을 먹은 날이면 보이지 않는 진상고객들에게 받은 상처가 조금은 치유되는 기분이었다. 용희는 시현 대신 경준에게 손을 흔들어줬다. 그러고는 꿩 대신 닭이라고 시현에게 명수에 대한 이야기를 몽땅 털어놨다.

용희가 대학 때부터 사귄 명수는 올해 초 취업을 한 이후로 어딘가 태도가 달라졌다. 언젠가부터 관계가 역전되어 먼저 전화하는 것도, 상대에게 약속 시간을 맞추는 것도, 때로는 데이트 비용을 지불하는 것마저 용희였다. 용희 성격에 한풀 꺾고 들어갈 리 없었다. 하도 쫓아다녀서 만나줬더니만…… 온갖 욕을 퍼붓고 이별을 통보한 다음 며칠 동안 아무런 연락이 없는 명수에게 용희가 먼저 연락하는 일이 반복되었다.

대학 선배인 명수는 취업한 이후로 '좋아' 보였다. 대학 때는 몰랐는데 양복을 입으니 인물이 살아났다. 모태솔로였던 명수를 남자로 만들어준 건 용희였다. 용희는 스물세 살이 되도록 동정을 지키고 있던 명수를 우습게 봤지만 만나면 만날수록 그 순박함에 마음이 이끌렸다. 지난해까지만 해도 용희와 명수는 함께 취업 준비를 했다. 용희는 취업에만 매달릴 수 있는 상황이 아니었으므로 콜센터에서 주중에만 근무하면서 주말에는 명수와 함께 도서관에서 공부했다. 둘 다 대학을 졸업한 상태인지라 하루하루가 막막했지만 지금 생각하면 그때가 좋았다. 취업을 못하고 콜센터에 다니는 것이 창피해서 학교 도서관에는 가기 싫다는 용희를 위해 명수는 주말마다 이른 아침 구립도서관에 도착해 용희 자리까지 맡아주었고 도시락도 싸왔다. 용희와 명수는 같은 회사에 서류를 넣었고 명수만 합격했다. 그때만 해도 명수는 열심히 일해서 승진할 테니 결혼해달라고 했다. 하지만 입사한 이후로 하루에 두 번 오던 전화는 문자 한 번으로 바뀌었다. 일주일에 한두 번 데이트를 했지만 명수는 데이트 중에도 하품을 자주 하고 스마트폰을 들여다봤다. 그는 더 이상 호텔에 가자고 조르지도 않았다. 아침에 중요한 회의가 있어서 늦으면 안 된다는 것이 그 이유였다. 그렇게 미적지근한 연애가 지속된 것이 1년이었다. 며칠 전 조바심이 난 용희는 호텔 방을 잡고 명수를 불렀다.

"돈 없을 텐데 무슨 호텔이야."

밤 11시가 넘어 호텔에 도착한 명수는 퉁명스럽게 말하더니 샤워를 하자마자 곯아떨어졌다. 용희는 새로 산 속옷을 만지작거리다가 예능 프로그램을 보며 억지로 웃었다. 그날 밤 용희는 명수에게 여자가 있다는 것을 알았다.

─잘 들어갔어요? 오늘 고마웠어요. 푹 쉬고 내일 봐요^^

한성아. 카카오톡 프로필 사진을 봐서는 화려한 미인은 아니었지만 단아해 보이는 외모가 눈길을 끌었다. 회사 동료겠지 생각하면서도 한밤중에 남의 남자에게 문자를 보냈다는 것이 불쾌했다. 결국 용희는 그들의 카카오톡 대화를 엿보았다. 특별한 것은 없었지만 명수가 그 여자를 특별하게 생각한다는 것은 알 수 있었다. 용희는 깍듯하게 예의를 차리면서도 유머러스한 명수의 문자들에 복장이 터졌다. 아래로 아래로 아래로. 엄지손가락으로 열심히 액정 화면을 쓸어내려도 그들의 대화는 줄줄이 쏟아져나왔다. 용희는 나중에는 내용은 보지도 않고 손가락만 움직였다.

첫 번째 카톡을 주고받은 시기는 명수가 입사한 지 여섯 달쯤 되었을 때였다. 그러고 보니 명수의 태도가 확연히 냉랭해진 시기도 그즈음인 것 같았다. 액정 화면 위로 눈물이 쏟아져내렸다. 성질 같아서는 코피가 날 정도로 싸대기를 후려치고 화가 풀릴 때까지 엉덩이를 발로 차주고 싶었지만 그랬다가는 당장에 차단을 먹고 잠수이별을 당할 것 같아 화를 억눌렀다. 용희는 코를 골며 자는 명수를 노려보다가 그대로 가방을 챙겨 호텔 밖으로 나왔다.

용희는 며칠 동안 고민하다가 어제 퇴근길에 명수에게 전화를 걸었다. 명수는 귀찮아하는 것 같긴 했지만 순순히 용희가 통보한 약속 장소로 나왔다.

명수는 자신이 다니는 회사 건물 1층에 있는 카페에서

담담히 물었다.

"왜 그날 말도 없이 간 거야?"

"몰라서 묻는 거야?"

"남의 핸드폰은 왜 본 건데."

"우리가 언제 그런 거 따졌어? 대학 때는 오빠가 핸드폰 보여줬잖아. 그리고 숨길 게 없다면 못 보여줄 건 뭐야?"

명수는 작게 한숨을 내쉰 뒤 커피를 마셨다.

"너한테는 당연한 것이 누구한테는 당연하지 않아. 너도 알다시피 나한테 여자는 네가 처음이라 여자들은 다 그런 줄 알았어. 그런데 그런 게 말이 안 된다고 생각하는 여자도 있더라."

용희는 가까스로 화를 참으며 물었다.

"그게 그 여자야?"

"그 사람하고 아무 관계 아니야. 입사 동기고 호흡이 잘 맞아서 같이 일하는 게 편해. 그뿐이야. 그 친구 대단한 사람이야. 유능한데다가 아버지가 외교관이시라고. 그런 사람이 왜 나 같은 남자를 쳐다보겠어?"

명수가 또다시 한숨을 내쉬며 말했다.

"너 그럴 시간에 5분이라도 더 공부해. 취업해야지. 나 정말 바빠. 넌 몰라. 대기업에서의 하루가 어떻게 흘러가는지."

저쪽 테이블에 앉은 남자가 명수에게 인사를 했다. 명수
도 손을 들어 인사했다. 명수는 용희에게 앞으로는 회사로
찾아오지 말라고 하더니 서둘러 위층 사무실로 올라갔다.
용희는 명수의 뒷모습을 보며 웅얼거렸다.

"당연히 나는 몰라. 대기업에서의 하루 같은 거. 하지만
오빠도 모르잖아? 콜센터에서의 하루가 어떤지."

왜 동료에게 나를 여자친구라고 소개하지 않았을까. 용
희는 자리에서 일어날 힘이 나지 않아 그 자리에 한참 동
안 앉아 있었다. 겨우 감정을 추슬러 자리에서 일어서려는
데 낯익은 얼굴이 보였다. 누구지? 어디서 봤더라?

한성아. 그 여자였다. 여자는 용희와 고작 1미터 떨어진
옆 테이블에서 건너편에 앉은 금발머리 여자와 유창한 영
어로 대화하고 있었다. 갑자기 벌레가 된 기분이었다. 나
는 분명히 이곳에 존재하는데 저 여자 눈에는 보이지 않는
다. 그제야 용희는 허름한 청바지에 얼룩이 묻은 면 티셔
츠를 입고 있는 자신의 몰골이 떠올랐다. 콜센터에서는 복
장에 대한 아무런 제재가 없기 때문에 그저 편한 옷으로
골라 입었다. 여자가 입은 투피스 정장은 특별할 것이 없
는데도 부티가 났다. 외교관 딸이라서 그런 걸까. 잡티 없
이 하얀 피부와 고급스러워 보이는 옷은 차치하고 저토록
당당하고 여유 있는 태도는 갑자기 만들어낼 수 있는 것이

아닐 터였다. 걸음마를 뗄 때부터 누구에게나 존중받으며 자란 여자아이. 그렇다고 용희가 누군가에게 학대받으며 자란 것은 아니었지만 용희는 그 순간 학대받은 여자아이에 비할 것 없이 비참했다. 사진으로 봤을 때와는 또 달랐다. 평면으로 존재하던 한성아에게 나긋나긋한 목소리와 단아한 자태가 더해지자 용희는 숨이 가빠왔다. 용희는 벌떡 일어나서 여자에게 다가가 여자의 머리채를 휘어잡고 소리쳤다. 왜 남의 남자에게 꼬리쳐? 하지만 그런 일은 드라마 속에서나 벌어지는 일이었다. 여자는 저 멀리서 변함없이 빛났다.

그 여자 때문인지는 알 수 없었지만 요즘 명수는 용희가 보낸 다섯 개의 카카오톡 문자에 한 번 정도 답장을 보냈다. 어제도 용희는 집에 돌아와 명수에게 문자를 보냈지만 그는 확인조차 하지 않았다.

"읽씹은 기본. 며칠간 아예 읽지 않기도 하고."

시현은 말이 없었다. 지루함을 억지로 참고 있는 표정이었다. 시현이 담배 연기를 뱉으며 단호히 말했다.

"그럼 너도 그냥 마음 접어. 4년이나 사귀었으니 식을 때도 됐지. 그냥 좋게 헤어져도 되잖아."

용희는 시현을 물끄러미 쳐다봤다. 좋게? 좋은 이별이란 게 대체 뭐지? 그런 게 세상에 있을까? 용희는 미련 따위 남지 않게 끝장을 보고서야 놓아주고 싶었다.

"또 남자친구 얘기 할 거면 나 들어간다. 논 벌어야지."

시현은 어느새 옥상 문을 통과하고 있었다.

최시현

아이스크림 가게에서 나온 시현은 근처 카페로 향했다. 용희와 주리에게는 센터로 들어간다고 했지만 사실 오전에 미리 실장에게 허락을 받아두었다. 내일 마감 시간까지 전화를 받는 대신 오늘 근처 카페에서 한 시간 동안 개인 시간을 쓸 수 있었다. 덕분에 시현은 잠시나마 진상고객으로부터 벗어날 수 있었다.

카페에 들어서자 시현을 향해 손을 흔드는 선배가 보였다. 오랜만에 만난 선배는 여전히 활기가 넘쳤다. 그녀는 현재 성우로 활발히 활동 중이었다. 선배는 이런저런 이야기를 하며 근황을 전하다가 잠시 말을 멈췄다. 선배는 커피를 한 모금 마신 뒤 말했다.

"사실은 할 말이 있어서 왔어. 지금 미라클백화점에서 아나운서를 모집하고 있어. 한번 가서 면접 볼 생각 없어?"

시현은 말문이 막혔다. 선배의 제안은 황당했다. 적어도 시현의 입장에서는 그랬다. 그러고 보니 선배는 백화점 방송실 아나운서 출신이었다.

"공중파 공채 아나운서는 사실상 그림의 떡이야. 관련 직종에 종사하면서 지역 방송국을 노리는 게 어때? 콜센터에서 근무하는 것보다는 나을 거야. 내가 추천하면 채용될 가능성이 높아."

시현은 손에 든 커피잔이 떨릴 정도로 평정심을 유지하기가 힘들었다. 시현은 애써 불쾌감을 감추며 말했다.

"말씀은 감사하지만 지금은 지상파 방송국 시험에 집중하고 싶어요."

시현은 카페에서 나오자마자 공중에 대고 욕설을 퍼부은 다음 심호흡을 했다. 비 오는 날 하얀색 원피스를 갖춰입었는데 지나가는 화물차가 흙탕물을 끼얹은 것처럼 기분이 나빴다. 지역 방송국에는 관심 없는 것처럼 말했지만 사실 지역 방송국은 물론 종편, 케이블티브이까지 온갖 곳에 시험을 보러 다닌 지 오래되었다. KTX를 타고 지방순회를 하느라 각 지역의 음식에 대해서도 빠삭하게 알게 되었다. 그런데 백화점 아나운서라니. 거기까지는 아직 생각해보지 않았다. 하지만 센터로 돌아오는 길에 곱씹어보니 선배의 말은 하나도 틀린 것이 없었다. 서울 중하위권 대학, 학점 관리는 그럭저럭 했지만 토익 점수와 한국어능력시험 성적은 응시자들의 평균보다 조금 나은 정도였다. 변변치 않은 점수로 서울대학교에 수년 동안 원서를 내고 있는 것이나 다름없었다. 선배는 시현을 아끼는 마음에 객관적인 충고를 해준 것이다. 며칠 전에 선배에게 전화를 걸어 집안 사정이 좋지 않아 더 이상 아카데미에 다닐 수 없다고 하소연한 것은 시현 자신이었다.

가까스로 감정을 추스르고 콜센터 건물로 들어가 부스에 앉았지만 시현을 기다리는 것은 진상고객뿐이었다. 크리스마스가 되기도 전에 슈퍼진상에게 걸려들다니. 시현은 아가미가 낚싯바늘에 걸린 물고기처럼 옴짝달싹할 수 없었다.

시현은 얼굴은 잔뜩 찡그린 채였지만 상냥한 목소리로 응대했다. 이 진상은 무려 일주일 동안 콜센터에 전화를 해서 하루 평균 네다섯 시간씩 상담사들을 괴롭히고 있었다. 오늘은 더 한가한지 평소보다 길게 전화기를 붙들고 있었다. 억지를 부리며 상담사에게 잘못했다고 말하라고 강요했다. 잘못했다고 말해도 진심이 들어 있지 않다면서 다시 하라고 요구했다. 사과하지 않으면 본사에 연락하겠다고 엄포를 놓았고, 또 실제로도 본사에 전화를 걸어댔다. 슈퍼진상은 본사의 직급이 높은 사람 앞에서도 태도를 바꾸지 않았다. 일반상담사에게 하듯이 하대하고 욕설을 퍼부었다. 본사에서는 콜센터에 전화를 걸어 어서 해결하라고 압박했다. 이 슈퍼진상은 이 나라에 고객처럼 무섭고 당당한 존재는 없다고 굳게 믿고 있는 게 분명했다.

콜센터에는 수많은 진상들이 전화를 걸어왔다. 호락호락한 진상은 없었다. 하지만 몇 가지 부류가 있고 난이도가 달랐다. 원하는 것이 피자 한 판이면 그냥 피자를 한 판 주고 말았다. 머리카락이 나왔다는 식의 고전적인 수법이 그런 것이었다. 불황이 지속되면서 이런 생계형 진상들도 상습적이지만 않다면 너그럽게 넘어가는 편이었다. 단순히 다혈질이라서 상담사에게 시비를 걸고 욕을 하는 진상도 있었다. 이런 부류는 단순해서 오히려 다루기 쉬운 편이었다. 어린애라고 생각하고 인내심으로 달래면 내가 심했다고 사과를 해오기도 했다. 문제는 지금 처리해야 하는 '슈퍼진상'이었다. 누군가를 마구 꾸짖은 다음 '죄송합니다'라는 말을 수백 번 듣고 싶어 하는 이 슈퍼진상은 어딘가에서 마구 펀치를 맞아 상처를 입을 대로 입은, 자존감이 매우 낮은 사람이었다. 큰소리로 꾸짖으며 상대를 짓누르지만 실제 생활에선 기도 펴지 못하고 살고 있을 확률이 컸다. 가족과 사회로부터 무시당하는 가장, 무능한 부하 직원, 그것도 아니라면 시현처럼 서비스직에 종사하면서 시시때때로 블랙컨슈머에게 물어뜯기는 비정규직일 것이었다.

시현이 상대한 진상들은 대부분 스스로를 과대 포장했다. 자신이 대기업 임원이라든가 교수, 기업체 사장이라고 말했다. 엉뚱하게 카지노 딜러로 가장하기도 했다. 아마 스스로 그렇게 되길 바랐지만 손에 쥐지 못한 모습을 그려내는 것이리라. 하지만 한창 활동할 시간인 오후 1시에서 6시 사이에 하루 네다섯 시간씩 전화기를 붙들고 있을 수 있는 대기업 임원, 교수, 카지노 딜러가 현실에 존재할까. 진상의 세계에 존재할 뿐이었다. 진상의 세계는 콜센터에 전화를 걸어 진상 짓을 할 때만 열렸다. 그래서 이들은 진상 짓을 중단할 수 없었다. 자신의 말에 대꾸를 하고 자신에게 죄송하다고, 용서해달라고 말하는 사람은 전화기 너머 콜센터에만 존재하기 때문이다. 분명한 것은 이들이 대화 상대가 비굴해지는 것에서 쾌감을 느낀다는 것이었다. 결과적으로 시현은 비굴해지는 연기를 '리얼하게' 해야 했다. 진상이 상담사가 연기를 하고 있다고 느끼면 영원히 수화기를 내려놓을 수 없었다. 시현은 있는 대로 비위를 맞춰주고 진상을 화나게 한 상담사를 깎아내려 용서를 구

콜센터

걸했다.

"고객님 죄송합니다. 저희 상담사가 말실수를 했습니다. 신입 상담사라서 아직 교육이 부족한 상태이니 너그러이 용서해주시면 감사하겠습니다."

"너 이름이 뭐랬지? 시현이? 시현아, 내가 뭐랬지? 네 사과는 필요 없으니까 아까 내 전화받은 애 불러와."

"고객님 죄송하지만 그 상담사는 이미 집에 돌아갔습니다. 말씀드렸다시피 그 상담사는 집안 형편이 어렵고 세 살짜리 아이를 키우는 엄마입니다. 아침에 아이를 어린이집에 맡겨놓아서 아이를 데리러 가야 하기 때문에 집에 돌아갔습니다. 안쓰러운 사람인데 너그럽게 용서해주셨으면 합니다."

물론 전화기 너머의 슈퍼진상을 자극한 상담사는 신입도, 아이 엄마도 아니었다. 일주일에 이틀만 일하는 것을 보니 집안 형편이 어려운 것 같지도 않았다. 잘못한 것이라고는 반말을 하는 슈퍼진상에게 왜 반말을 하느냐고 따져 물은 것뿐이었다.

"그래? 나도 기업체 부장이야. 그래서 알지. 그런 애들이 얼마나 한심한지. 어디 가서 밥은 빌어먹겠니? 그래도 신기하네. 그런 사람이 아이 엄마라도 하고 있다는 게."

진상의 목소리가 한결 부드러워졌다. 시현이 노리는 게

바로 그것이었다. 진상의 감정에 호소하는 것. 아이 이야기에 감정이 누그러지는 것을 보면 아마도 자녀가 있는 모양이었다. 하지만 전화기 너머의 진상은 아니라고 말했다.

"부모는 아무나 할 수 있는 게 아니야. 나는 아이가 없지만 내 부하 직원들을 봐왔기 때문에 잘 알아. 어린이집에 아이를 데리러 가야 한다고 하면 급해도 일에서 빼주곤 했지."

시현은 존경의 감정을 담아 진심으로 감동한 듯 말했다.

"정말 멋진 상사시군요. 저도 그런 상사님 밑에서 일한다면 정말 기쁠 것 같습니다."

진상은 화가 조금 누그러진 것 같았다. 그는 조곤조곤한 목소리로 부하 직원에게 하듯이 말했다.

"나는 젊은 시절 일밖에 몰랐어. 지금은 그게 좀 후회가 돼. 연애도 하고 결혼해서 아이 아빠로 사는 것도 나쁘지 않았을 텐데. 결혼을 할까 생각한 적도 있었지. 삼십대 초반이었을 때. 그랬더니 사장이 따로 불러내서 말리는 거야. 당신은 일로 성공할 사람이라고. 딴마음 품지 말라고."

시현은 손으로 입을 틀어막고 웃음이 새어나가지 못하게 했다. 아마도 사장은 제발 나가라고, 너 같은 건 필요 없다고 했을 것이다. 시현은 기회를 놓치지 않고 말했다.

"그런 너그러움으로 불쌍한 우리 일반상담사 김미윤 씨

도 용서해주실 수는 없을까요?”

간신히 연기에 몰입한 시현은 눈앞에 형조가 들어올린 글자를 보고 그만 사레가 들렸다.

―똥 다 치워가?

엄지와 검지로 원을 그려 오케이를 표시하다가 웃음이 터져버린 것이다. 전화기에서 새된 목소리가 흘러나왔다.

“왜 웃어? 너 최시현이, 지금 말은 그렇게 하면서도 나를 비웃고 있지? 이 새끼, 죽여버린다!”

시현은 온몸에 소름이 돋았다. 조금 전과는 다른 사람인 것처럼 목소리도, 말투도 달라졌다.

“고객님, 아닙니다. 그게 아니라…… 콜록콜록…….”

“야, 최시현이! 너 이 새끼 똑바로 안 해? 네 상사 바꿔. 어서!”

시현은 헤드셋을 형조에게 넘기며 입 모양으로 말했다.

“거의 다 치웠는데. 이제 네가 치워.”

고함지르는 진상의 목소리가 시현의 뒤를 바짝 따라왔다. 마치 진상이 발뒤꿈치에 찰싹 들러붙은 것처럼 발걸음이 무거웠다. 시현은 그 목소리로부터 도망치듯 옥상으로 성큼성큼 걸어 올라가 문을 세게 닫았다.

담배에 불을 붙여 한 모금 들이마시는데 며칠 전 선을 본 남자로부터 핸드폰 문자가 왔다. 시현은 문자를 제대로 읽지도 않고 삭제해버렸다. 시현은 어머니가 상의도 없이 결혼정보회사에 가입한 바람에 지난 1년 동안 한 달에 두 번씩 선을 봐야 했다. 시키는 대로 말없이 따라야 아나운서 아카데미 수강료가 나왔기 때문에 어쩔 수 없었다. 문자를 보낸 남자는 벌써부터 머리가 벗어지기 시작한 삼십대 초반의 남자로 거만하기가 하늘을 찔렀다. 신의 직장인 공기업에 다닌다는 남자는 자기 자랑을 늘어놓고 농담이랍시고 음담패설을 했다. 그것으로도 모자라 데이트 장소가 바뀔 때마다 전화로 자기 엄마에게 보고했다. 시현은 그와 헤어지자마자 담배를 피우며 왜 그렇게 참기 힘들었는지 생각해봤다. 그 이유는 그가 콜센터에서 매일 접하는 진상들과 비슷한 사람이기 때문이었다. 시현은 휴일에 연장근무를 한 것처럼 억울했다. 이 짓을 도대체 얼마나 계속해야 할까. 아무리 생각해도 부모님은 더 이상 시현을 뒷바라지할 마음이 없는 것 같았다.

어제저녁, 아버지는 밤늦게 시현을 불러 앞에 앉혀두고 진지하게 말했다.

"더 이상은 무리구나. 좀 더 현실적인 꿈을 꾸는 게 어떻겠니? 그건 경쟁률이 너무 세잖니."

처음 시작할 때만 해도 원하는 대로 해보라고 했던 아버지가 그런 말을 할 줄은 몰랐다. 시현은 그래도 스물아홉 살까지는 해보고 싶다고 했지만 아버지는 이제 더는 돈을 대줄 능력이 안 된다고 했다. 아버지는 명예퇴직을 앞두고 있었다.

처음에 함께 시작한 친구들도 벌써 3분의 1이 떨어져나 갔다. 누군가는 이 시험은 2년 이상 치르지 않는 거라고 했 다. 900 대 1이 넘는 천문학적인 경쟁률 때문에 이 시험에 만 매달리다가는 어느새 서른이 되어버린다고 했다. 게다 가 아나운서 아카데미 수강료 또한 만만치 않았다. 우선은 인터넷 강의를 들으며 1년 더 준비하는 것으로 합의했지 만 시현은 누군가 도끼로 발목을 찍은 것처럼 절망적이었 다. 함께 학원에서 공부했던 친구는 얼마 전 최종 합격 소 식을 들었다. 그 친구는 시현처럼 학원에 오래 다니지도 않았지만 단번에 붙었다. 결국 재능 문제인 것이다. 물론 재능이 없다고 포기해야 하는 건 아니었다. 하지만 자질이 뛰어나지 않은데 더 이상 학원도 다닐 수 없다면 합격 가 능성은 더욱 낮아질 것이었다. 콜센터에서 진상에게 시달 리며 틈틈이 공부하는 아나운서 지망생이 방송사 공채 합 격생을 가장 많이 배출한 학원을 다니며 주 3, 4회 스터디 를 하는 지망생을 무슨 수로 당해내겠는가.

시현은 건물 아래를 내려다보며 아버지의 말을 곱씹었 다. 아버지는 아나운서의 자질은 얼마든지 훈련을 통해 길

러낼 수 있다는 주장은 아카데미의 상술에 불과하다고 했다. 오랜 시간이 지나 자신이 그저 들러리에 불과했다는 것을 깨닫는 것보다는 지금 그만두는 것이 나은 걸까. 현실적인 꿈이란 대체 뭘까. 모든 꿈은 현실이 되기 전엔 비현실적인 것 아니었나. 먼 훗날 나는 콜센터에 전화를 걸어 스스로를 아나운서라고 칭하며 진상을 부리고 있지는 않을까.

시현은 하루 종일 그 생각에서 벗어날 수 없었다. 저녁을 먹은 뒤 옥상에서 용희의 푸념을 들어주면서도 이제 정말 그만둬버릴까 생각했다. 이제 그만 '포기'해버릴까. 하지만 시현은 포기할 용기조차 없었다. 그것을 포기하면 무엇을 해야 할지, 무엇을 떠올리며 아침에 자리에서 일어나야 할지 알 수 없었다. 무엇보다 제정신으로 살아갈 수 있을지 의문이었다.

박형조

시현의 자리에 앉은 형조는 크게 심호흡을 한 다음 헤드셋을 썼다.

"넌 누구야? 방금 전까지 전화받던 여자 어디 갔어? 최시현, 최시현이 오라고 해!"

형조는 최대한 부드러운 목소리로 응대했다.

"고객님, 무슨 일로 이렇게 화가 나신 건가요? 일주일 전부터 매일 전화를 주고 계신데요, 고객님을 화나게 한 일반상담사 김미윤 씨는 오늘 오전에 해고된 상태입니다."

물론 해고되지 않았다. 하지만 이렇게 블랙컨슈머에게 걸려든 일반상담사는 이후로는 본명이 아닌 가명을 사용해야 했다. 이 진상들은 반드시 틈날 때마다 전화를 걸어

센터가 정말로 그 상담사를 해고했는지 확인하기 때문이다. 100번, 200번 전화를 걸어 "맛있는 웃음을 배달하는 베스트피자 김미윤입니다"라고 말하는 상담사가 있다면 정신 나간 사람처럼 분노해 이번에는 본사로 전화를 걸어댔다. 이것은 그들의 '패턴'이었다. 그들은 진상을 양성하는 학원에라도 다니는 걸까. 아니면 우연히 그런 행동 패턴을 보이는 걸까. 형조는 주리의 카카오스토리를 구경하면서 진상의 말에 건성으로 장단을 맞춰주었다.

"그건 그거고 나는 지금 최시현이라는 애한테 화가 났다고. 그 애가 내 전화를 건성으로 받았거든. 나를 비웃고 하품까지 했어. 얼마나 나를 무시하면 그러겠어? 고객한테 그래도 되는 거야?"

형조는 입을 막고 길게 하품을 했다. 한두 시간 동안 진상고객의 주절거림이나 폭언을 듣다 보면 하품을 하지 않을 수 없었다. 진상고객이 상담사를 괴롭히는 특별한 이유가 있는 것도 아니었다. 그들은 그저 화풀이 상대가 필요할 뿐이었다. 실장은 콜센터 블랙컨슈머는 서비스직이 가장 많다고 했지만 장담할 순 없었다. 요즘 스트레스 없는 직업은 없기 때문이다. 형조는 나름대로 추측해봤다. 누군가가 이 사람을 화나게 했을 것이고 화나게 한 사람에게 똑같이 되갚아줄 수는 없으니 화풀이할 다른 누군가를 찾는 게 아닐까. 전문상담사 일이 난감한 이유는 바로 이것 때문이었다. 대부분의 진상고객은 '별다른 이유도 없이' 진상을 부렸다. 물론 그들의 내면을 파고들어가면 분명히 이유가 있을 것이다. 어린 시절의 트라우마라든가 현재의 스트레스라든가. 하지만 그런 것을 알아내야 할 사람은 콜센터 상담사들이 아니었다. 정신과 의사가 할 일을 최저시급을 받으며 할 이유는 없었다. 물어뜯을 상대를 찾고 있는 진상고객은 상담사가 있는 대로 비위를 맞춰줘도 어떻게든 흠을 잡아내 승냥이처럼 악착같이 물고 늘어졌다. 말실수를 하지 않으면 태도를 문제 삼았다. 뭔가를 먹는 소리를 들었다거나 하품을 했다든가 기침을 했다는 식이었다.

담배 냄새를 한아름 안은 종구가 형조에게 다가왔다. 종구는 형조의 책상에 팔꿈치를 대더니 깍지 낀 양 손등 위에 얼굴을 올려놓고 입 모양으로 말했다.

"형님, 여자친구라고 생각하고 상대하세요. 진상들이랑 연애를 하면 일이 쉽게 풀립니다."

형조는 전화 통화에 집중하려고 했지만 종구의 우스꽝스러운 표정에 웃음을 터트리고 말았다. 형조가 얼굴을 찡그리며 종구에게 저리 가라고 손사래를 쳤다.

"야, 너 내 말 듣고 있어?"

진상이 음성을 높이자 형조는 스마트폰을 뒤집어놓고 자세를 바로잡았다.

"네, 고객님! 듣고 있습니다."

진상이 한숨을 크게 내쉬며 말했다.

"너도 시현이랑 별반 다를 게 없나보네. 목소리를 들으니 아직 대학생 같은데 등록금 대기 힘들지?"

"아, 네. 요즘 다 그렇죠 뭐."

형조는 말을 한 순간 후회했다. 진상의 말에 동조하는 답변을 하는 게 아니었다.

"그럼 너에게 이 일자리는 꽤 중요하겠네? 콜센터에서 일하는 걸 보면 명문대생은 아닌 것 같고 택배 상하차 같은 아르바이트보다는 콜센터가 편하잖아? 시현이나 너나 그거 아니면 지금 당장 할 일도 없잖아. 거기서 돈 좀 모아서 나가야지. 그래야 공무원 시험 준비를 하거나 복학 준비를 할 거 아니야. 안 그래? 집안 사정도 안 좋고 너만 바라보는 가족도 있을 텐데 말이야. 하지만 환경 탓하지 마. 가장 큰 이유는 네가 무능하기 때문이니까."

식은땀이 났다. 형조는 혹시 이 사람이 자신을 아는 사람인가 싶었다.

"항상 너희 같은 애매한 애들이 문제야. 뛰어나진 않지만 모자라지도 않으니 뭐라도 해야 하잖아. 꼴에 자존심은 있어서 몸 쓰는 일은 하기 싫을 테고. 하지만 형조야, 너 자신을 인정하지 않고서는 절대로 앞으로 나아갈 수 없어. 내 말을 명심해야 한다."

진상고객은 이런 식의 말을 10분 정도 더 지껄이다가 전화를 끊었다. 그는 마지막으로 내일 다시 시현에게 전화하겠다는 말을 남겼다. 형조는 베테랑 전문상담사답게 끝까지 공손하게 전화를 받았다.

헤드셋을 벗었을 때 형조 옆에는 시현이 서 있었다. 입은 웃고 있었지만 눈가에 마스카라가 번진 흔적이 역력했다. 형조가 자리에서 일어서며 말했다.

"오늘은 더 이상 전화 안 할 거야."

형조는 계단을 통해 옥상으로 올라갔다. 옥상 난간에 서자 입에서 욕이 튀어나왔다. 형조는 겨우 그런 말에 화가 나는 것을 보니 자신이 느끼는 시험에 대한 부담감이 크긴 큰 모양이라고 생각했다. 형조는 하루라도 빨리 군대에 갈 것인지, 공무원 시험을 준비할 것인지, 한다면 몇 년간 할 것인지에 대한 구체적인 계획을 세워야 했다. 무능이라. 그의 말이 맞을지도 모른다. 부자 부모를 갖고 태어나는 것도 능력이라고 하지 않는가. 감정 노동을 한다는 점에서는 같지만 만약 호텔에 근무했더라면 저런 사람을 만날 일은 드물었을 것이다. 저런 인간은 평생 호텔에 갈 일이 없을 것이고 상대의 얼굴을 보고 감히 저런 말을 하지는 못할 테니까. 이곳에서 일하고 있기 때문에 최악의 진상을 상대하고 있는 것이다. 형조는 콜센터에서 일한 이후 처음으로 자신의 처지를 비하했다. 호텔에서는 더 고단수의 진상고객을 만날 수 있다는 것을 알면서도 그 순간만큼은 편모슬하에서 자란 것이, 자신을 놓아주지 않는 가난이 지긋지긋했다.

문득 호텔에 들어간 민희가 떠올랐다. 민희는 나와는 급이 다른 사람들과 일을 하고 내가 상대하는 진상고객과는 급이 다른 진상고객을 상대하고 있을까. 입맛이 썼다. 진상고객의 급이나 따지고 있는 것도 우스웠지만 진상고객 때문에 까맣게 잊고 있던 헤어진 여자친구를 떠올린 것도 씁쓸했다. 도대체 저 사람은 어쩌다가 저런 괴물이 되었을까. 형조는 혐오감을 넘어 연민을 느꼈다. 콜센터에 대해 잘 아는 것을 보니 콜센터 상담사로 일해본 사람일 가능성도 있었다. 콜센터 상담사는 형조와 같은 대학생이나 휴학생, 대학을 졸업한 지 얼마 안 된 취업준비생이 대다수였다. 진상은 그것을 잘 알고 있었고 상대의 약점을 잡아 모욕을 주려 했다. 저런 사람은 감옥이 아니라 정신병원에 가야 했다.

아침에는 전문팀 회의가 있었다. 회의라고 해서 특별한

건 없었다. 일반 기업체처럼 회의실이 있는 것도 아니었다. 그저 단톡방을 열어놓고 다 같이 대화를 나누는 정도였다. 한가할 때는 인원을 반씩 나눠 옥상에 올라가 회의를 하기도 했지만 크리스마스를 앞둔 지금 형조를 비롯한 전문상담사들은 가급적 부스를 지켜야 했다. 크리스마스에는 진상들이 더욱 활개를 치기 때문이었다. 온갖 불행에 시달리는 진상들은 연인과, 가족과 함께 보내는 크리스마스 같은 날에 화풀이할 상대가 필요했다. 주리는 일반상담사보다 콜 수가 적은 전문상담사를 부러워했지만 형조는 기계적으로 주문을 받는 일반상담사로 돌아가고 싶을 때가 한두 번이 아니었다. 이런 이야기를 주리에게 하진 않았다. 회사 일로 여자에게 하소연하는 남자가 되고 싶지는 않았기 때문이다. 하지만 오늘은 작은 위로라도 받고 싶었다. 형조는 잠시 망설이다가 주리에게 문자를 보냈다.

—진상한테 멘탈 박살났어. 조퇴하고 싶다.

금세 주리로부터 문자가 날아왔다.

—그깟 진상 때문에? 넌 내가 아는 가장 멋진 남자야. 힘내~

주리는 하트 모양의 이모티콘도 함께 보냈다. 형조는 후시딘 연고라도 바른 것처럼 상처가 아무는 기분이 들었다.

며칠 전 퇴근길에 주리는 천진한 표정으로 물었다.

“근데 우리 무슨 사이야?”

형조는 아무 말도 하지 못했다. 주리를 생각하면 기분이 좋았다. 잘 보이고 싶고 종종 가슴도 두근거렸다. 단둘이 술도 마셨고 심지어 모텔에서 함께 밤 시간을 보냈다. 주리는 코까지 골면서 잤지만 형조는 밤새 잠을 설쳤다. 형조는 주리와 키스 한 번 해보지 못했지만 그날 잠든 주리의 얼굴을 보고 아랫도리가 부풀어올랐다. 시험을 떠올리자 구멍 난 풍선처럼 금세 쪼그라들었지만.

형조의 몸에서 감정을 주관하는 기관이 작동한 것은 3년 만이었다. 지난해 크리스마스였을 것이다. 그때부터 주리가 자꾸만 눈에 들어왔다. 알고 지낸 지 오래된 사람처럼 친근하면서도 가슴이 설레었다. 감정의 성분은 액체가 아닐까. 형조는 차갑고 뜨거운 무언가가 몸속을 마구 휘도는 것 같아 정신이 없었다. 형조는 주리와는 눈도 잘 맞출 수 없었고 자꾸만 말을 더듬어서 입도 다물게 되었다. 민희와 헤어질 때만 해도 앞으로는 몸에 연애 감정이라는 것이 흐를 일은 평생 없을 거라고 생각했다. 그런데 이렇게 멀쩡하게 감정 기관이 작동되고 있는 것이다. 다만 너무 오랜만에 사용해서 쓸데없는 소리가 많이 났다. 오랜만에 움직이는 로봇의 몸체에서 소리가 나는 것처럼 형조의 몸에서도 그동안 쉬었던 감정 기관들이 비명을 내질렀다. 그런데

콜센터

도 이상하게 사귀자는 말이 입 밖으로 나오지 않았다. 형조는 이것이 바로 취준생의 비애인가 싶었다. 휴학 기간이 1년을 넘어가자 자신에게 연애는 사치라는 생각이 들었다. 형조는 언젠가부터 마음에 드는 여자가 있으면 어떻게든 단점을 찾아내 머릿속에서 지우려고 애썼다. 이런 증상은 콜센터에 다니면서 더 심해졌다. 이런 형조를 보며 동민은 초식남이라고 놀려댔는데 형조는 같은 처지인 동민이 학교에 다닐 때보다 더 자주 여자애들에게 들이대는 것이 신기하기만 했다.

민희와는 비교적 좋게 헤어졌다. 벌써 4년이 흘렀다. 고등학교 1학년 때부터 5년이나 사귄 민희는 형조보다 두 살 연상이었고 첫사랑이었다. 먼저 대학에 진학한 민희 때문에 형조는 수험 생활이 유난히 힘들었지만 그것을 이유로 더욱 열심히 공부할 수 있었다. 형조가 대학 1학년, 민희가 대학 3학년이던 때가 형조 인생에서는 가장 찬란한 한때였다. 형조는 그 시간을 떠올릴 때면 미소와 함께 긴 한숨이 흘러나왔다.

민희는 대학 졸업과 동시에 호텔에 입사했다. 그때 형조는 군대도 다녀오지 않은 상태였다. 형조는 공무원 7급 시험을 준비하고 있었다. 형조는 합격하면 연락하겠다고 하고서는 민희와 잠정적으로 헤어졌다. 민희는 그저 웃으며 잘되길 바란다고 했다. 형조는 그녀의 미소가 잊히지 않았다. 웃는 듯 우는 듯 알 수 없는 모호한 표정이었다. 형조는 뒤늦게 후회했다. 차라리 남자답게 서로 갈 길 가자고 했어야 했다. 합격하면 연락하겠다니. 동민은 민희를 깎아내리는 방식으로 형조를 위로했다.

"네가 합격하면 연락하겠다고 했다고 해서 걔가 너만 기다렸겠냐? 헤어지자마자, 아니 헤어지기 전부터 결정사 가입했을지도 몰라. 솔직히 너네 집 부담스럽잖아. 홀어머니에 여동생이 둘. 덕분에 조건 좋은 남자 만나고 있을 거야."

형조가 피식 웃었다.

"네가 걔를 몰라서 그래. 걔는 요즘 여자 같지 않은 애야."

말은 그렇게 했지만 형조는 민희가 어떤 여자였는지 기억나지 않았다. 민희가 절대로 그럴 여자가 아니었던가? 그랬을 수도 있지 않은가. 늘 차분하고 여성스러웠던 민희가 진짜 원하는 것이 무엇이었는지 형조는 말할 수 없었다.

오히려 주리는 생생하게 다가왔다. 무엇보다 주리는 솔직했다. 주리는 콜센터에서 일하다가 다음해 상반기까지 취업하지 못하면 일을 그만두고 호주로 어학연수를 떠날 거라고 했다. 그 말이 주리에 대한 형조의 관심에 찬물을 끼없은 것이 사실이었다. 기껏 반년을 사귀겠다고 그 힘든 연애를 다시 시작한단 말인가. 형조는 주리의 적극적인 애정 공세에도 엄두가 나지 않았다. 무엇보다 연애는 시험에는 둘도 없는 강적이었다. 형조의 계획은 다음해 2월 중순까지만 콜센터를 다니고 다음해 3월부터 연말까지 공부에만 집중하는 것이었다. 형조는 지난 2년 동안 콜센터에서 일하면서 과외를 두 개나 뛰었다. 그렇게 모아놓은 돈으로 다음해에는 시험에만 집중할 생각이었다. 그런데 지금 그 계획에 차질이 생기려 하고 있었다. 형조는 주리의 표정이 어두우면 마음이 아팠고 주리의 일거수일투족에 신경이 쓰였다. 형조는 감정을 통제하지 못하는 자기 자신이 싫었다. 인생의 가장 중요한 시기라고 할 수 있었다. 모든 에너지를 공부에 쏟아 한 번에 붙어야 했다.

하동민

동민은 주문을 받으며 화덕이 피자 만드는 모습을 지켜
봤다. 화덕은 이제 신의 경지에 오른 것 같았다. 저 작고 통
통한 손으로 도우를 펴서 소스와 토핑을 올리는 데 채 1분
도 걸리지 않았다. 다른 피자메이커들은 도우 펴는 것을
힘들어했는데 화덕은 밀대를 손에 달아놓은 것처럼 쉽고
빠르게 도우를 폈다. 동민은 화덕이 건네준 피자를 받아
커팅을 하고 소스와 음료를 챙겨 오토바이 통에 담았다.

화덕이 걱정스러운 얼굴로 동민을 따라 나와 말했다.

"그냥 웃는 얼굴로 건네주고 오세요. 괜히 싸우지 말고
요. 오빠가 화 안 내도 피자 잔뜩 먹고 내장기관에 지방이
덕지덕지 쌓여서 요절할 거예요."

말썽쟁이 남동생을 걱정하는 투였다. 동민은 기가 막혔다.

"내가 네 동생이냐?"

화덕이 한 술 더 떠서 동민의 엉덩이를 두드리며 말했다.

"어서 댕겨와. 차 조심하고."

"화덕, 졸지 말고."

동민은 화덕의 반들반들한 머리통을 쓰다듬어주었다. 삭발한 머리칼이 조금 자라서 손바닥에 전해지는 감촉이 까끌까끌했다. 이곳에서 동민의 안부를 걱정해주는 건 화덕뿐이었다. 화덕은 피자처럼 생겼다. 동그란 얼굴이 작지도 않고 컸다. 체구는 아담해서 커다란 피자를 머리에 이고 다니는 것 같았다. 화덕은 언젠가 식사를 하면서 10년 뒤에는 화덕피자 전문점을 차리고 싶다고 했다.

"가스오븐레인지는 5분은 걸리잖아요. 화덕에서 구우면 1, 2분 만에 구워요. 그럼 돈을 두세 배는 더 벌 수 있다는 말이잖아요."

그날부터였을 거다. 그 애에게 화덕이라는 별명이 붙은 것이. 화덕은 울긋불긋한 피부 때문에 토마토페이스트를 올린 화덕피자의 대표 메뉴 마르게리타를 연상케 했다. 화덕피자 중앙에 블랙올리브 두 개를 올리면 동그란 얼굴에 콧구멍 두 개만 보이는 화덕의 얼굴이었다. 모두가 화덕이

라고 부르는 통에 동민은 화덕의 본명이 무엇인지 기억나
지 않았다. 한 술 더 떠서 그 아이가 사장처럼 머리를 밀고
나타났을 때 동민은 기함할 듯이 놀랐다. 학교를 중퇴하고
요리에만 집중한다는 말이 과장이 아닌 모양이었다. 세계
최고의 요리사는 무슨. 사고 쳐서 퇴학당했겠지. 이렇게
말했던 사장도 다른 알바생들에게 화덕의 열정을 본받으
라고 했다. 동민은 사장이 기회라도 잡았다는 듯이 미성년
자인 화덕을 상대로 '열정 페이'니 어쩌고 하는 소리가 듣
기 싫었다. 화덕은 최저시급도 받지 못하고 일하는 고등학
교 자퇴생이었다. 미성년자는 쓰지 않는다는 사장에게 자
발적으로 낮은 급여로 일하겠다고 한 것은 화덕이었다. 화
덕은 자신을 써주기만 한다면 남들보다 500원 낮은 시급
으로 일하겠다고 했다. 요리를 빨리 배우고 싶어서 학교를
그만뒀다지만 실상은 하루 종일 일하지 않으면 안 되는 상
황이기 때문일 것이다.

　화덕은 스무 살짜리 애들보다 일을 잘했다. 무슨 일이든
빨리 배웠다. 동민은 어린애가 코피까지 흘려가며 수전노
사장에게 기술을 배우는 것을 보는 게 불편했다. 할머니와
함께 사는 소녀가장을 저런 식으로 부려먹는 사장이 혐오
스러웠다. 사장 역시 부모 없는 아르바이트생이라고 만만
하게 보는 것이다. 사장은 이제 화덕을 자신의 노예쯤으로

생각하는 것 같았다. 어린 여자아이가 감당하기에는 노동 강도가 높았다. 화덕이 오기 전에는 두 명의 아르바이트생이 하던 일을 화덕 혼자 하고 있었다. 그럼에도 불구하고 웃는 얼굴로 일하는 화덕도 문제였다.

동민은 오토바이 위에서 도로를 누비며 하늘을 올려다봤다. 아무래도 비가 올 것 같았다. 시현의 카카오톡 문자를 받은 것은 도로 위에서였다.

—너 차 없지?

동민은 신호가 바뀌는 순간 하마터면 오토바이에서 떨어질 뻔했다. 시현이 동민에게 문자를 보낸 건 처음이었으므로 동민은 다시 신호에 걸려 멈춰 섰을 때 답문을 보냈다.

—차? 없지. 왜? 차 필요해?

동민은 시현이 차가 필요하다고 하면 당장이라도 차를 만들어낼 자신이 있었다. 동민은 뒤에서 울리는 클랙슨 소리를 들으며 속도를 높였다. 교통신호 따위 무시하고 오토바이를 몬 지 오래였다. 30분 배달 보증제가 폐지된 것이 언제인데 고객들은 30분이 넘어가면 불만을 쏟아냈다. 만들어진 지 30분이 넘은 피자는 먹을 수 없다며 동민 앞에서 피자를 집어던진 고객도 있었다. 동민은 한 번 더 시현의 문자를 읽었다. 죽어도 여한이 없다는 말은 이런 때 쓰는 걸까. 시현이 보낸 짧은 문자 한 통에 동민의 몸은 날아갈 듯 가벼워졌다. 이 기분대로라면 조만간 만날 진상마저 사랑스러워 보일 것 같았다.

한 시간 전에 가장 비싼 피자를 시킨 진상고객은 매장에 전화를 걸어 지렁이만 한 머리카락이 나왔다고 피자를 한 판 더 가져오라고 진상을 떨었다. 주방장인 사장님은 물론이고 조수인 화덕 역시 대머리인데 머리카락이라니. 동민이 전화기에 대고 그렇게 말하자 고객은 콜센터에 전화를 걸었다. 그를 응대한 형조는 동민에게 전화를 걸어 돈은 본사에서 지원할 테니 피자를 한 판 더 갖다주라고 했다. 그 고객은 배달원의 머리카락이 들어간 것이 틀림없다고 주장한다고 했다. 동민은 전화기에 대고 DNA 검사를 통해 이 억울함을 풀겠다고 소리를 질렀다. 형조가 짧게 말했다.

"안 갖다주면 시현이가 시달려. 어서 갖다줘."

그 말에 동민은 말없이 오토바이에 올라탔다. 그깟 피자 한 판이 뭐 대수라고 시현을 고생시킨단 말인가.

동민이 반지하 101호 벨을 누르자 평범하고 멀쩡해 보이는 남자가 나와서 피자를 받았다. 자그마한 몰티즈 강아지가 한 시간 전과 똑같이 동민을 향해 짖어댔지만 방 안에서 흘러나오는 클래식 음악은 동민의 귀에 선명히 들려왔다.

남자는 표정도 바꾸지 않고 말했다.

"다음부터는 조심해주세요."

동민이 퉁명스럽게 말했다.

"머리카락 나온 피자 주세요. 매장에서 개를 키우거든요."

남자가 짜증을 내며 말했다.

"다 먹었죠. 마지막 조각에서 나왔어요. 또 모르죠. 다른 조각에도 머리카락이 들어 있었는데 발견 못했는지. 다음부터는 제발 좀 조심해주세요."

남자는 강아지와 단둘이 사는 것 같았다. 강아지는 동민이 도둑놈이라도 된다는 듯이 더욱 맹렬하게 짖어댔다. 그래도 피자가 도둑놈뿐이 아니라 강아지의 뱃속으로도 들어간다고 생각하니 화가 누그러졌다. 동민은 남자의 얼굴을 동공에 새겨두었다. 이런 놈은 상습범이다. 앞으로도 계속 같은 짓을 할 것이다. 나중에는 친구의 전화로 주문을 할 것이다. 몇 번 반복되면 블랙리스트에 올릴 수 있었다. 혼자서 라지 피자 한 판을 정말 다 먹어치운 걸까? 며칠간 굶었다가 피자가 도착하자마자 순식간에 먹어치웠거나 피자 조각을 하나씩 은박지에 싸서 냉동실에 넣은 다음 진상을 떨어 한 판 더 받아냈을 것이다. 동민은 진상이 사는 집 마당에 가래침을 뱉은 다음 오토바이에 올라탔다.

그러고도 분노가 풀리지 않아 진상이 사는 다세대 주택 주위를 몇 바퀴 맴돌다가 매장으로 향했다.

동민은 배달을 하면서 사람들의 집을 엿보는 게 싫었다. 선결제한 주문이면 피자만 건네고 잽싸게 가면 되었지만 카드 결제나 현금 결제를 할 때는 어쩔 수 없이 열린 문틈으로 낯선 삶의 냄새를 맡게 되었다. 갈 때마다 얼굴에 멍이 들어 있는 여자의 집, 늘 눈이 부어 있고 몸에서 악취가 나는 사내아이가 사는 집, 치매 걸린 아내를 돌보는 노인이 사는 집. 으깨어진 피자처럼 살고 있는 사람들은 생각보다 많았다. 크리스마스처럼 특별한 날에 한 번 더 확인하게 되는 것은 세상에는 행복한 사람보다 외롭고 불행한 사람이 더 많다는 사실이었다.

크리스마스에는 온갖 곳에서 피자를 주문했다. 오랜만에 집 안에 둘러앉은 가족들이, 둘만의 시간을 위해 호텔을 잡은 연인들이, 교회에서 예배를 드리는 성도들이, 사무실에서 빨간 날에도 일하는 회사원들이 피자를 시켜댔다. 하지만 나 홀로 집에 갇힌 백수들이 입이라도 사치를 부리는 날이기도 했다. 집이라기보다는 '방'이었다. 열린 문틈으로 보이는 좁은 방 안에는 이십대 청년 백수들이 제각기, 홀로 들어앉아 있었다. 레귤러사이즈 피자에 콜라도 페트병이 아닌 달랑 캔 하나만 시키는 것을 보면 정확한

추측이었다. 피자 없이 스파게티 하나에 샐러드 하나를 추가한 주문도 들어왔다. 12,000원 이상만 배달 가능하다는 규정 때문에 억지로 샐러드를 끼워넣었을 것이다.

이상하게도 크리스마스에 외로운 청춘이 많다는 사실이 동민에겐 묘한 위로가 되었다. 반지하방에서 피자 속에 머리칼을 집어넣어 배달원을 혹사시키는 백수보다는 사장에게 착취당하긴 하지만 아르바이트 자리라도 있는 자신이 나은 것 같았다. 배달을 마치고 매장 문을 열고 들어가 사장의 무표정한 얼굴 사진을 마주하면 그런 생각은 사라졌지만 말이다.

매장에는 사장의 옛날 사진이 붙어 있었다. 가발 광고를 해도 될 정도로 풍성한 흑발을 가진 사장은 피자에 머리카락이 들어가는 사고를 방지하기 위해 머리를 밀어버렸다. 사장이 머리를 민 이후에도 머리카락 진상이 전혀 줄어들지 않았다는 것은 머리카락 진상들이 대부분 계획적인 범죄자라는 뜻이었다. 머리카락뿐이 아니었다. 손톱이나 발톱이 들어 있다고 억지를 부리는 진상도 있었다. 동민은 언젠가는 콜센터 한구석에 흡연 부스 같은 작은 공간이 생기고 그 안에서 DNA를 분석하는 연구원이 근무하는 날이 올 거라고 생각했다.

매장 앞에 도착해 오토바이에서 내리려는데 카카오톡

문자 도착하는 소리가 들렸다. 시현의 두 번째 문자였다.

―내일 진상 죽이러 갈 거야. 부산 해운대로.

동민은 시현이 농담을 한다고 생각하면서도 즉시 문자를 보냈다.

―진짜? 그럼 내가 같이 가야지. 오빠는 사실 진상 전문 킬러야. 드롭킥을 날려줄게.

동민은 사촌형이 주차장에 처박아둔 외제차를 떠올리며 회심의 미소를 지었다.

동민은 콧노래를 흥얼거리며 매장 문을 열었다. 사장이 화덕을 잡아먹을 듯이 무섭게 노려보고 있었다. 사장은 기어이 손을 들어올려 화덕의 머리통을 내리쳤다. 머리털도 없는 비구니의 그것 같은 아직 무른 머리통을. 동민은 주먹이 절로 쥐어졌다. 사장은 화덕에게 당장 나가라고 소리쳤다. 화덕은 한쪽 다리를 절면서도 쥐새끼처럼 빠른 속도로 밖으로 도망쳤다. 그 순간만은 발을 저는 것 같지도 않았다. 동민이 화를 누르며 말했다.

"때리실 것까지 있어요? 아직 어린애인데."

"그래야 실수를 안 하지. 재가 토핑을 잘못 뿌려서 다섯 판 버리게 됐어."

사장은 자신을 쳐다보는 동민에게 변명하듯이 말했다.

"재가 저 얼굴로, 저 몸으로 이거 아니면 뭘 하겠냐. 다

재를 위해서야.”

화덕은 힌쪽 다리를 저는 장애를 갖고 있었다. 그것이 화덕이 맞아가면서까지 이곳에서 버티려고 하는 이유일 것이다.

사장이 손짓으로 동민에게 어서 포장을 하라고 했다. 동민은 칼로 피자를 자른 다음 포장을 하고 소스와 음료를 챙겨 오토바이에 올라탔다. 시동을 거는데 화덕이 보였다. 화덕은 건물 옆 골목에 놓인 커다란 쓰레기봉지 옆에 웅크리고 앉아 울고 있었다. 쓰레기봉지와 같은 색인 흰색 옷을 입고 있어서인지 화덕도 쓰레기봉지 같았다. 사장은 화덕에게 화풀이를 했다. 진상고객들은 배달원이나 콜센터 상담사들에게 화풀이를 했다. 화덕은 어디에다 화풀이를 할까. 동민은 문득 그것이 궁금했다.

강주리

주문이 밀려드는 저녁 시간, 주리는 큰 사고를 쳤다. 용희에 이어 두 번째 대형 사고였다. 현아 실장이 혀를 차며 말했다.

"누가 친구 아니랄까봐 일한 지도 오래된 것들이 쌍으로 사고를 치네. 다른 애들은 액수라도 적지. 너희가 오늘 탑 오브 탑이야. 정신 차려, 정신!"

주리는 두 손으로 머리를 쥐어뜯었다. 25,000원 상당의 피자 다섯 판. 집으로 배달해야 하는 주문을 '매장 직접 방문'으로 잘못 넣었다. 10만 원이 넘는 액수였다. 10만 원의 반인 5만 원이 까이면 하루 일한 것이 전부 날아가는 셈이었다. 주리는 억울했다. 크리스마스를 앞둔 금요일, 한 주문당 30초를 넘기지 말고 받으라는 실장의 압력이 없었더라면 그런 실수를 하지 않았을 것이다. 너무 친절하게 응대해 전화를 길게 받으면 길게 받아 문제가 되고, 콜 수를 높이기 위해 이것저것 해야 할 멘트들을 생략하면 또 성의가 없다는 고객의 클레임에 시달렸다. 주리가 그것에 대해 불만을 토로했더니 현아 실장의 답변이 또 가관이었다.

"어떻게 하냐고? '잘'해야지. 알아서 잘. 그럼 시간당 서른 개 받는 준영이는 뭐니? 재는 오주문도 없어."

준영은 시간당 평균 30개의 콜을 받는다는 상담사였다. 주리는 그 상담사 옆자리에 앉아 비결을 엿보았다. 그는 스크립트에 나온 멘트들을 대부분 생략하고 간드러진 목소리로 빠르게 주문을 받았다. 간드러진 목소리 덕분에 불친절하다는 클레임이 들어오진 않는 모양이었다. 설사 클레임이 들어온다고 해도 워낙 실적이 좋은 상담사니 잔소리 들을 일은 없을 것이다. 결국 피를 보는 것은 신입 상담사들이었다. 몇 달만 일하면 요령이 생겨서 귀찮은 질문을 하거나 오주문을 유발할 것 같은 고객의 전화는 다른 상담사에게 떠넘기게 되었다. 악명 높은 진상고객의 경우 상담사들끼리 서로 탁구공처럼 튕기는 일도 발생했다.

"컴퓨터가 다운이 돼서 그러는데 한 번 더 걸어주시겠어요?"

"고객님, 죄송한데요 잘 안 들립니다. 다시 한번 걸어주시겠습니까?"

"아, 고객님 죄송한데 오늘 매장에 주문이 많이 밀려서 지금 주문하시면 두 시간 기다리셔야 하는데 괜찮으세요?"

주리는 곱디고운 다홍색 한복 치마를 맞춰 입은 상담사들이 탁구공을 서로의 치마폭으로 통통 튕겨내는 그림을 떠올렸다.

오주문으로 마음이 급격히 우울해진 주리는 부스에서 빠져나와 옥상으로 올라가는 엘리베이터가 도착하길 기다렸다. 그때 형조가 주리에게 다가와 말했다.

"해결됐어. 고객이 좀 식었어도 데워서 먹겠대."

"정말? 꺄악!"

주리는 형조를 향해 팔을 뻗다가 주위를 둘러보며 주머니에 손을 집어넣었다. 하마터면 형조의 목에 매달릴 뻔했다. 볼이 빨개진 형조는 주위를 살피며 안으로 들어갔다. 주리는 왠지 서운했다. 문자는 곧잘 하면서도 콜센터 안에서도, 옥상에서도 형조는 주리에게 거리를 두었다. 사내 연애가 조심스러운 회사도 아니었다. 실제로 콜센터에는 커플이 많았고 연인이 함께 아르바이트하는 경우도 많았다.

저녁을 먹고 돌아왔는데 주리의 자리에 캔커피가 놓여 있있다. 주리가 전문딤 쪽으로 시선을 돌리자 형조가 주리와 시선을 맞추며 웃었다. 주리는 캔커피를 들어올려 감사의 표시를 한 뒤 헤드셋을 썼다.

두 시간 동안 전화를 받은 주리는 실장의 눈을 피해 시현, 용희와 함께 옥상으로 올라갔다.

"왜 전화 안 받지? 퇴근했을 텐데."

용희는 틈만 나면 남자친구에게 전화질이었다.

"야근할 수도 있고 회식 중일 수도 있잖아."

"카톡 보내는 데 5분이라도 걸리냐? 수상해."

용희의 망상은 면접이나 서류전형에서 떨어진 날이면 더 심해졌다. 주리는 건물 아래를 내려다보다가 시선을 돌렸다. 옥상 입구로 들어오는 형조가 보였다. 동민도 함께였다. 용희가 동민에게 손을 흔들었다. 주리는 형조를 쳐다보지 않고 동민에게 인사를 하며 물었다.

"오늘은 배달 안 해?"

"교대하고 왔어. 내일 빡세게 달릴 거 생각하면 끔찍하다. 혹시 내가 죽으면 내 무덤에 피자 한 판 시켜줘."

용희와 장난을 치던 동민이 주리에게 말했다.

"오늘 네가 싼 똥 형조가 치웠다면서? 짬밥이 몇인데 그만 좀 싸라."

형조가 얼굴을 붉히며 변명을 했다.

"내가 말한 거 아니야. 현아 실장님이……."

주리는 그저 웃을 수밖에 없었다. 하긴 그동안 형조가 치워준 똥이 대체 몇인가. 돈으로 치자면 100만 원이 넘을 것이다. 그나저나 동민은 우리 사이를 알까? 주리는 동민의 눈치를 살폈다. 동민은 시현을 힐끔거리며 용희 앞에서 개그콘서트에서 본 것을 따라 하고 있었다. 형조에게 아까 왜 그랬느냐고 물어볼까? 주리는 고개를 저었다. 형조는 기억조차 못할 것이다. 주리는 좀 더 있겠다는 시현을 남겨두고 용희와 함께 옥상에서 내려오면서 일이 끝나면 편의점 앞에서 기다리라고 형조에게 문자를 보냈다.

그러고 보니 형조가 주리에게 처음으로 건넨 말도 아까 한 말과 비슷한 것이었다. "해결됐어요." 그것도 1년 전인 지난해 크리스마스였다. 작은 실수도 아니고 큰 실수였다. 가정집에서 피자 한 판을 주문한 것도 아니었고 회사에서 주문한 큰 액수의 주문이었다. 이름이 비슷한 피자를 헷갈려 잘못 주문한 것이다. 이틀 치 일당이 날아간다는 말에 머릿속이 새하얘지는데 형조가 옆으로 다가와 말했다.

"해결됐어요. 고객이 비슷한 피자니까 그냥 먹겠대요. 다음부터는 조심해주세요."

형조가 자기 자리로 돌아가자 건너편에 앉은 용희로부

터 카카오톡 문자가 날아왔다.

재가 여기 전문상담사 톱이래.

—그래? 얼굴도 쫌 생겼다. ㅋㅋ

그날 집에 가는 길에 주리는 믿음직한 '해결사'에게 따끈한 캔커피를 쥐여주었다. 용희가 눈을 부라리며 말했다.

"그런 걸 왜 줘? 오해하게."

"무슨 오해?"

"네가 자기 좋아한다고 생각하면 어떡해? 번듯한 직업도 없는 남자랑 연애라도 할 거야?"

주리는 자신도 모르게 흥분해서 정색하고 말했다.

"형조가 어때서? 재 대학도 괜찮은 데 다녀. 우리 학교보다 좋은 학교야. H대 경제학과."

굳이 명수보다 좋은 학교라는 말은 하지 않았다.

"어머, 그런 건 또 어떻게 알았대? 서울대라도 취직이 안 됐으면 그만인 거지."

명수 역시 얼마 전까지 백수였다가 며칠 전에 대기업 최종 합격 통보를 받았다는 것을 빤히 아는데 저런 소리를 하다니. 주리는 순간적으로 비위가 상해서 비아냥거리는 말이 나갔다.

"임용고시에라도 합격한 사람처럼 말하네?"

용희가 짜증을 내며 말했다.

“왜 말을 그렇게 해? 걱정돼서 그러는데.”

“요즘은 임용고시에 합격해도 발령받기 힘들다더라. 분명한 게 도대체 뭔데?”

막 도착한 버스에 서둘러 올라탄 주리는 한참 동안 넋이 빠져 있었다. 용희는 잘난 건 개뿔도 없으면서 늘 저런 식이었다. 면접관이라도 된 양 어떤 사람이든 점수부터 매기려 들었다. 사실 그날 점심때, 주리는 전문상담사 톱이라는 박형조와 옥상에서 우연히 만나 통성명을 하고 온몸에 코팅을 한 것처럼 매끈매끈 이상한 기분에 빠져 지냈다. 누군가 주리를 비닐 속에 넣어 다림질한 다음에 다시 원래의 크기로 부풀어오르기를 기다리는 것 같았다. 몸이 납작해졌는데 답답하지는 않고 가슴이 벅차올랐다. 그러고는 서서히 귀, 발, 손과 같은 몸의 말단부터 심장까지 열기가 전달되어 온몸이 부풀어오르다가 팽팽해졌다. 아아, 이러다가 터지는 거 아니야? 주리는 취직할 때까지 가급적 연애는 안 하겠다고 했으면서 그렇게 쉽게 마음이 부풀어오르는 자신이 싫었다.

다음날 용희는 아무 일도 없었다는 듯이 생글거리며 말했다.

“정 좋으면 사귀어봐. 내가 도와줄게. 하지만 진지하게는 만나지 마.”

진지하게 만나지 않는 건 대체 뭘까. 주리는 웃으며 마음괴는 다른 말을 했다.

"오지랖 쩐다. 취준생이 무슨 연애냐."

용희와 그런 식의 신경전을 벌인 걸 비웃기라도 하듯 주리와 형조 사이에는 겨울, 봄, 여름, 가을을 지나는 동안 별다른 일이 일어나지 않았다. 엉뚱하게도 동민이 시현에게 노골적인 관심을 보이는 바람에 지난겨울부터 다섯은 종종 어울리게 되었다. 바로 집에 들어가기 싫을 때나 콜이 없어 일찍 퇴근하는 날에 편의점 앞 파라솔 밑에서 다 같이 맥주캔을 따곤 했다. 본의 아니게 술친구가 되어버린 것이다.

그런데 결국 이렇게 되려고 했던 건가. 주리가 용희 몰래 형조와 썸을 탄 지 벌써 한 달이 되었다. 같이 잔 건 아니지만 영화를 보면서 손도 잡았고 함께 밤을 보냈다. 그날 무슨 일이 있었던 건 아니다. 다 같이 술을 퍼마시고 많이 취한 순서대로 택시에 태워 보냈다. 갑자기 취해버린 주리가 몸을 가누지 못하는 바람에 형조는 주리를 모텔로 데려가 침대에 눕히고 자신은 바닥에서 잤다. 아침에 깨어난 주리의 눈에 처음 들어온 것은 참고서를 펼쳐놓고 공부하는 형조의 옆모습이었다. 깔끔하게 면도한 얼굴. 면도날에 베였는지 입가에 작은 상처가 나 있었다. 그때였을 거다. 주리가 형조랑 진심으로 잘해보고 싶다고 생각한 것이.

주리는 도끼눈을 뜨고 누구하고 외박했느냐고 캐묻는 엄마에게 용희와 찜질방에서 잤다고 둘러대면서 앞으로도 용희를 팔아먹을 일이 종종 생겼으면 좋겠다고 생각했다. 공식적인 커플은 아니었지만 아침에 콜센터로 오는 발걸음이 무겁지 않다는 것만으로도 대단한 변화였다. 주리는 1차 서류 합격 문자가 오지 않아도 예전처럼 신경이 곤두서지 않았다. 적극적인 쪽은 주리였지만 형조는 거절하지 않고 주리의 요구를 대부분 들어주었다. 형조는 데이트 비용도 대부분 자신이 부담했다. 주리는 그것이 기뻤다. 그것이 마치 형조가 자신과 함께하는 시간을 아까워하지 않는다는 증거 같았다. 콜이 없는 평일 오전에 밖에 나가 놀다가 들어오라는 실장의 횡포도 형조와의 로맨스를 제공해주는 계기가 되어주었다. 주리는 일부러 형조가 자주 들락거리는 콜센터 근처 슈퍼 앞에서 어슬렁거리다가 같은 이유로 어슬렁거리는 형조와 우연을 빙자해 만나 만화방에서 붙어 앉아 만화를 봤다. 형조와 썸을 타기 전에는 그런 시간에 용희와 함께 근처 패스트푸드점에 들어가 천 원짜리 콜라를 시켜놓고 영어 공부를 했다. 용희는 요즘 들어 이런저런 핑계를 대며 산책을 하는 주리에게서 수상한 낌새를 챈 것 같았다. 하지만 용희가 형조와 무슨 사이냐고 묻는다 해도 주리는 딱히 할 말이 없었다. 늘 '거기까지'였다. 형조는 선을 그어놓고 넘어오지 않았다. 콜센터 상담사에게 가장 필요한 자질은 감정을 통제하는 능력이라는 것을 증명이라도 하려는 듯 전문상담사 박형조는 주리에게 속마음을 보여주지 않았다.

우용희

밤 10시가 넘은 시각, 일을 마친 용희는 편의점으로 갔다. 콜센터는 원래 10시에 문을 닫는데 오늘은 10시 반까지 전화가 끊이지 않았다. 문영 실장은 10시 반에 자리에서 일어나는 용희를 무섭게 째려보더니 금세 태도를 바꿔 손으로 비는 시늉을 했다. 그래서 용희는 5분 더 잡혀 있다가 실장이 화장실에 간 사이 빠져나왔다.

날씨가 추운데도 친구들은 편의점 밖 파라솔 테이블에 앉아 맥주를 마시고 있었다. 용희는 편의점으로 들어가 흑맥주 캔을 하나 사서 나와 친구들 곁으로 다가가 앉았다. 그리고 맥주캔을 따 단숨에 반을 들이켰다. 건너편에 앉은 동민이 용희 앞으로 육포를 놓아주며 말했다.

"네가 언제부터 그렇게 마음이 약했어? 퇴근 시간에 칼같이 나와야지."

문영 실장은 용희를 만만하게 보는 것 같았다. 그녀는 퇴근 시간에 항상 용희를 붙들고 추가근무를 부탁했다. 용희는 한숨을 내쉬며 조금 남은 맥주캔을 손으로 으스러뜨렸다. 옆에 앉은 시현도 순식간에 맥주캔 두 개를 비웠다. 주리가 용희의 어깨에 머리를 기대며 말했다.

"집에 가기 싫다. 집에 가서 씻고 잠들면 내일 또 나와야 하는 거잖아."

용희도 주리의 머리 위에 고개를 포개며 말했다.

"내일은 11시에야 보내줄걸. 지난해에도 그랬잖아."

동민이 스트레칭을 하며 말했다.

"아무리 힘들어도 배달원보다는 안 힘들걸. 크리스마스 때는 교통사고 나서 죽을 수도 있다는 생각으로 일해."

동민은 일주일에 엿새 동안 배달 일을 했는데 쉬는 날에는 센터에 와서 형조 곁에서 알짱거리거나 실장들의 성화에 못 이겨 전화를 받기도 했다. 용희가 동민에게 물었다.

"너도 다시 콜센터로 오면 안 돼? 여기가 덜 힘들잖아."

형조가 동민을 대신해 답했다.

"동민이 꿈은 음식 체인점 사장 되는 거야. 그래서 일부러 매장에서 일하는 거야."

동민은 형조에게 그런 말을 왜 하느냐고 하면서도 시현을 힐끔거리며 말했다.

"전국에 내 체인점 천 개 갖는 게 꿈이야."

주리가 물었다.

"무슨 체인점? 피자?"

"그건 아직 못 정했어."

용희는 자신의 어깨를 손으로 주무르며 생각했다. 쟤네들 저 말을 지난해에도 했다는 걸 정말 모르는 걸까.

지난해 크리스마스, 동민과 형조는 묻지도 않았는데 자신들의 이야기를 늘어놓았다. 동민이 제대하고 한 달이 지났을 즈음 형조가 동민에게 전화를 걸어왔다. 막학기를 남겨두고 휴학한 형조는 고등학교 동창인 동민에게 같이 콜센터에서 일하자고 제안했다. 두 사람은 함께 콜센터에 들어왔지만 동민은 몇 달 일하다가 자기 동네 베스트피자 배달원으로 취직했다. 동민은 앉아서 전화받는 일은 여자들에게 더 적합하다고 말하며 그만뒀지만 형조는 동민이 콜센터를 그만둔 진짜 이유는 미래에 피자 체인점 사장이 될 동민이 매장과 콜센터를 모두 겪어보기 위해서라고 했다.

"나 먼저 갈게."

시현은 자리에서 일어나더니 뒤도 돌아보지 않고 가버렸다. 동민은 시현이 비운 맥주캔을 손에 들고 찌부러뜨렸다. 주리가 시현의 뒷모습을 보며 중얼거렸다.

"오늘 진상한테 된통 당했어."

용희는 자리에서 일어서며 말했다.

"집에 가자. 차 끊기기 전에."

용희와 주리는 남자들에게 인사를 하고 정류장 앞에서 버스를 기다렸다. 용희가 장갑을 끼며 말했다.

"동민이 말이야, 사업할 거라니 집이 좀 사나?"

"잘살면 여기서 알바 하겠어? 휴학하고 학비 벌어서 한 학기 다니고 또 휴학하고 그러는 모양인데."

용희는 동민이 체대생이라는 것은 알고 있었지만 그 외에는 아는 것이 없었다.

"그래? 근데 그건 어떻게 알아?"

주리가 하품을 하며 말했다.

"전에 물어봤어. 궁금해서."

용희가 눈을 크게 뜨며 물었다.

"너 혹시 동민이한테 관심 있어?"

"관심은 무슨. 난 우락부락한 남자는 싫어."

"넌 동민이보다는 형조 쪽이겠네."

주리는 입을 일자로 다물었을 뿐 아무 말이 없었다. 용희가 주리를 힐끔 쳐다봤다. 요즘 들어 자주 실실 웃는 주리는 나사가 하나쯤 풀린 것 같았다. 혹시 형조와 사귀는 걸까? 사내 연애는 좋은 것이라고 하지만 콜센터에서만은 예외였다. 정규직도 아닌데다 아르바이트만도 못한 대접을 받는 셈이었다. 이런 곳에서 연애 감정이 생긴다면 이상한 거 아닐까. 어느 누구도 따지지 않았다. 왜 식사 시간을 충분히 주지 않느냐고, 왜 근무 시간이 들쑥날쑥하냐고, 왜 퇴직금을 제대로 지급하지 않느냐고. 이곳에서 일하는 사람들에게 이곳은 종착역이 아니기 때문이었다. 잠시 다닐 곳이니 기본적인 요건만 충족되면 오케이였다. 그건 용희도 마찬가지였다. 좋은 곳에 취업하기 전까지 용돈을 벌 수 있으면 그만이었다. 용희는 실장들 비위도 제법 맞추며 고분고분 일하고 있었지만 이곳을 그만두는 날, 자료를 모아 노동청에 신고할 계획이었다. 용희는 더 이상 홀대받고 싶지 않았다. 오래 사귄 남자친구에게도, 오래 일한 직장에서도.

오늘 용희는 스스로가 쓸모없는 인간 같았다. 1년 8개월이나 되었는데 여전히 실수가 잦았다. 하루 종일 일을 하다 보면 다양한 지역 방송을 듣는 기분이었다. 충청도, 경상도, 전라도, 제주도…… 온갖 사투리가 쏟아졌다. 특히 쉴 새 없이 주문 전화가 터지는 주말에는 사방에서 들려오는 상담사들 목소리 때문에 고객의 목소리가 정확히 들리지 않았다. 체인점 이름인 용가마순대를 '용감한 순대'라

콜센터

고 적어넣어 배달원이 한참 헤맸다는 클레임이 들어왔고 '보물섬'이란 상호를 '고물상'이라고 적어넣어 배달원이 한참을 찾다가 그냥 돌아왔다는 클레임이 들어왔다. 용희는 자신의 귀에 이상이 있나 하는 의심까지 했다. 이번 달엔 컨디션이 유독 안 좋았다. 신입도 아닌데 한 달간 용희가 낸 오주문만 20만 원이 넘었다.

용희가 한숨을 내쉬며 말했다.

"아무래도 이 일은 나랑 안 맞는 거 같아."

주리는 늘 하던 소리를 반복했다.

"그래도 취준 하면서 하기엔 괜찮잖아. 몸이 힘들진 않으니까. 패밀리레스토랑에서 일할 땐 피곤해서 집에 가자마자 곯아떨어졌거든."

"그럼 뭐 해. 집중이 안 되는 걸. 정신이 피로한 건 마찬가지야."

"잠깐 다닐 곳이니까 뭐."

주리는 고장 난 라디오처럼 1년 8개월 동안 같은 소리를 반복하고 있었다. 주리는 그럭저럭 잘 적응한 것 같았지만 용희는 콜센터에서 일하는 것이 고역이었다. 용희는 여전히 아침에 눈을 뜨면 콜센터에 가야 한다는 생각에 진저리를 쳤다. 용희는 처음 입사했을 때만 해도 주리와 이렇게까지 속을 터놓는 사이가 될 줄은 몰랐다. 다른 사람도 아니고 강주리라니. 늘 유니클로 옷만 입고 다니던 별 볼 일 없어 보이던 강주리. 속으로는 자신을 속물 취급하는 것이 분명한 강주리. 주리는 두렵지 않은 걸까. 용희는 두려웠다. 평생 불안한 일자리를 전전해야 하는 것이. 취업하지 못하고 결혼도 못한 채로 세상에 내던져지는 것이. 고된 노동에 시달리느라 얼굴에서 웃음이 사라진 지 오래된 엄마와 비슷한 삶을 살게 되는 것이.

"먼저 갈게. 내일 봐."

조금만 기다리면 용희네 집을 거쳐가는 버스가 오는데도 주리는 혼자 버스에 올라타고 사라졌다.

"나쁜 년."

용희는 오지 않는 버스를 기다리며 주리에게 욕을 했다.

용희는 국사학과, 주리는 영문학과였지만 용희와 주리는 경영학과 수업을 들으며 만났다. 둘 다 복수전공으로 경영학을 선택한 것이다. 용희는 국사학과를 나와서 어떻게 취직을 하느냐며 경영학을 공부하라는 주변의 권유로 경영학을 복수전공으로 선택했지만 한 학기가 가기도 전에 후회했을 만큼 수업을 따라가기 어려웠다. 국사학과도 점수에 맞춰 쓴 것이었으니 대학에 와서 원치 않는 공부만 한 셈이었다. 사실 주리가 아니었다면 졸업하기 힘들었을 것이다. 주리는 툭하면 수업을 빼먹는 용희를 대신해 과제

와 노트 필기한 것을 챙겨주었다. 용희는 손에 입김을 불
어넣고 발을 구르며 중얼거렸다.

"이곳에서 탈출하고 싶어. 주리보다 먼저."

최시현

시현은 콜센터에서 맞는 두 번째 크리스마스이브에 전에 없이 지각을 했다. 경미 실장에게 비난의 눈초리를 받고서야 살금살금 자기 자리로 다가갔지만 자리에 앉기 전에 한참을 꾸물거렸다. 크리스마스이브에는 상상할 수 없는 온갖 진상들이 출몰했다. 지난해에는 일반상담사였으니 전문상담사들의 크리스마스가 어떤지는 말로만 들었다. 시현보다 16개월 먼저 전문상담사가 된 형조는 "진상스럽지"라고 한마디 했을 뿐이지만 표정은 여러 가지를 말하고 있었다. 일반상담사가 새똥을 치우는 기분이라면 전문상담사는 누군가 설사한 것을 치우는 기분 아닐까. 그것도 한 번이 아니라 여러 번.

블랙컨슈머를 처리하는 일을 하다 보니 화장실도 아닌데 구린내를 맡을 때가 한두 번이 아니었다. 그럼에도 불구하고 시현이 전문상담사를 해보는 게 어떻겠느냐는 실장의 제안을 받아들인 것은 아나운서 시험을 보려면 목이 쉬어서는 안 되기 때문이었다. 시현은 하루에 수십 통의 일반적인 주문 전화를 받아야 하는 일반상담사보다는 스트레스가 심하지만 전화받는 횟수가 적은 전문상담사 일이 자신에게 더 적합하다고 생각했다. 앞으로 시현은 아나운서 아카데미에 다니는 지망생들처럼 스튜디오에서 뉴스 리딩 연습을 하기는 힘들 것이므로 콜센터에서 통화를 하는 중에도 아나운서처럼 말하려고 애썼다. 아무리 안하무인의 블랙컨슈머라 해도 생방송 중이라고 생각하고 아나운서답게 상냥하게 응대했다. 상담사가 처음부터 끝까지 일관되게 상냥한 태도를 유지하면 진상고객도 수그러드는 기색이었다. 결국 진상고객의 감정에 말려들지 않는 것이 관건이었다. 하지만 요 며칠 시현의 감정 제어 장치는 완전히 고장 나서 어떤 원칙도 통하지 않았다. 평소에는 대수롭지 않게 넘길 수 있었던 진상고객의 말이 칼로 가슴을 후비는 것처럼 치명타를 입혔다. 시현은 자신이 이제 전문상담사로서 수명이 다 되었나 싶었다. 가까스로 버티고 있었지만 더 이상은 힘들겠다 싶었다. 고장 난 수도꼭지처럼 감정이 흘러내리는 것 같았다. 시현은 진상고객들처럼 누군가에게 소리 지르고 발을 구르며 울어버리고 싶었다. 네 탓이라고, 책임지라며 억지를 부리고 싶었다.

어디선가 달콤한 냄새가 났다. 주위를 둘러보니 옆자리 상담사의 책상에 초콜릿과 과자가 잔뜩 든 비닐봉지가 놓여 있었다. 전화를 받는 일은 생각보다 에너지 소비가 많아서 간식을 준비해오는 사람이 많았다. 한창 콜이 많을 때는 한 시간 시급을 더 받겠다고 초콜릿 따위를 우물거리며 점심 시간을 반납하는 사람도 있었다. 그래서 콜이 많을 때는 여기저기서 간식 냄새가 코를 자극했다. 콜센터에서는 커피 한 잔, 라면 한 개도 제공하지 않았다. 예전에 잠시 제공했는데 상담사들이 생각보다 많이 먹어대자 공급을 끊어버렸다. 많이 먹으니 화장실을 자주 갔고 화장실 휴지가 배로 쌓였다. 변기가 막히는 횟수도 늘었다. 원위치. 센터가 내놓은 해결책은 그것이었다. 상담사들을 모아놓고 한 번이라도 귀띔해주었더라면 모두 조금이나마 간식을 얻어먹기 위해 양을 줄였을 텐데 말이다.

물론 시현은 아나운서 시험에 대비해 늘 소식을 하고 있었다. 아나운서가 될 수 있다고 확신한 적은 없다. 하지만 이곳에서 일하는 시간이 길어질수록, 너는 할 수 없을 거라고 말하는 사람이 늘어날수록 어떻게든 하고 싶다는 생

콜센터

각이 강해졌다. 특히나 아나운서 아카데미에 출입하며 현직 아나운서들에게 강의를 듣다 보니 어쩌면 정말로 할 수 있을 거라는 생각이 들었다. 시현은 카메라 앞에서는 저절로 긴장도 풀리고 피로도 풀렸다. 스튜디오와 프롬프터, 마이크, 카메라…… 그런 것들을 떠올리기만 해도 흥분이 되었다.

방 안에서도 시현은 수없이 많이 스튜디오에 섰다. 자신에게 쏟아지는 조명을 받으며 카메라를 응시했다. 방송은 늘 '현재'였다. 콜센터와 방송의 공통점 역시 '현재'라는 것에서 찾을 수 있었다. 콜센터에서의 시간은 '끔찍한 현재'였다. 무대 위에 올라간 아나운서가 시청자로부터 도망칠 수 없는 것처럼 콜센터 상담사는 진상고객에게서 도망칠 수 없었다.

대기업 부장님은 결국 시현이 처리했다. 일주일간 상담사들을 괴롭힌 부장님은 최신 피자 두 판을 주문할 수 있는 기프티콘을 선물받는 대가로 다시는 전화하지 않기로 약속했다.

"내가 고작 기프티콘 때문에 용서했다고는 생각하지 마. 시현이 네가 안쓰러워서 그만 용서하기로 한 거니까."

"감사합니다. 부장님, 정말 감사합니다!"

시현은 눈물을 머금은 채로 미소를 지었다. 진상고객이

전화를 끊을 때까지 절대로 방송을 끝마쳐선 안 되었다. 진심으로 미안한 마음을 거둬서는 안 되었다. 시현은 전화가 완전히 끊긴 것을 확인하고 작게 욕을 내뱉었다.

"씨발 새끼."

하지만 그 전화가 끝이 아니었다. 대기하고 있던 충청도 사투리를 구사하는 남자는 다짜고짜 욕설을 퍼부었다. 진상은 세포분열을 하는 좀비가 분명했다. 전국 곳곳에서 성별과 나이를 가리지 않고 나타났다가 사라졌다. 크리스마스에는 더 많이 출몰했다. 충청도 진상 좀비는 생각보다 일찍 소멸했지만 전화를 끊자마자 형조로부터 메시지가 도착했다.

—부장님 또 전화했어. 아무리 생각해도 기프티콘으로는 모자라는 것 같대. 자기를 기프티콘이나 바라는 사람 취급하는 거 같아서 화났대. 결국 기프티콘 반납했어. 너랑 얘기하고 싶대.

시현은 심호흡을 한 번 한 뒤 전화를 받았다. 부장님은 20분간 또 말도 안 되는 훈계를 늘어놓다가 이제는 시현도 제법 익숙해진 멘트를 내뱉었다.

"평생 콜센터에서 일해라."

박형조

형조는 뜨거운 물을 한 잔 담아 자리에 앉았다. 콧노래를 흥얼거리며 들어온 종구도 자리에 앉으며 말했다.

"형, 메리 크리스마스!"

"이 자식아, 크리스마스는 내일이야."

"아, 그런가? 메리 크리스마스이브."

콜센터에서는 크리스마스도 크리스마스이브도 존재하지 않았다. 공휴일에 노동 강도가 더 세기 때문에 빨간 날이 다가오면 모두 우울해했다. 오늘이 지나면 종구는 다시 일반상담사를 하겠다고 하거나 이번 달까지만 하고 그만두겠다고 할 게 분명했다. 어쨌거나 두 번째라니. 형조는 지난해 크리스마스에 다시 한번 크리스마스를 이곳에서 보내면 자신은 인간이 아니라고 동민에게 말했다.

단체로 크리스마스이브 오전 예배에 참석했는지 아직은 진상고객이 생각보다 많지 않았다. 이제 조금 있으면 여름날 파리떼처럼 꼬여들 것이다. 종구의 미간에서는 기러기 세 마리가 날갯짓을 하고 있었다. 종구는 빨간 날에만 전화를 걸어대는 육십대 여자, 일명 '붉은 악마' 진상고객의 전화를 받고 있었다. 붉은 옷을 입은 여자만 보면 살인 충동이 생긴다는 연쇄살인범과 다를 게 무엇이란 말인가. 형조는 소름이 끼쳤다. 한 시간 뒤에는 형조가 응대를 이어가야 했다.

"그런데 고객님, 크리스마스이브는 빨간 날이 아닌 거 모르셨나요? 달력에 보면 글자가 그냥 까만색이에요. 아, 알고 계셨다고요? 혹시 착각하신 건가 싶어서요. 하하하……."

종구의 말을 들은 전문상담사들은 손으로 입을 막고 키득댔다. 종구는 센터에 들어온 지 겨우 두 달 남짓 되었다. 두 달 동안 일반상담사 일을 했는데 금세 콜급을 받을 정도로 주문 받는 속도가 빨랐다. 종구가 전문상담사를 하겠다고 나섰을 때 형조는 일반상담사를 계속할 것을 권했다. 어린 친구가 하기에는 힘겨운 일이라고 생각했기 때문이다. 실제로 이십대 초반의 전문상담사는 없었다. 실장들도 이십대 중반은 되어야 전문상담사를 권유했다. 전문팀에는 삼십대 후반의 주부 상담사가 두 명 있었는데 두 사람다 경력이 7년이 넘었다. 전문팀을 관리하는 경미 실장은 나이를 먹을수록 지혜로워지고 인내심이 강해지기 때문이라고 했지만 형조는 나이를 먹을수록 쉽게 일을 그만두지 못하기 때문이라고 생각했다. 주부 상담사들 역시 그만둔 다음 금세 다른 일을 찾을 수 있다면 굳이 이곳에 남아 있지 않을 것이다. 하지만 종구는 여자 화장실까지 쫓아다니며 경미 실장에게 전문상담사를 시켜달라고 졸랐다.

"제가 나이는 어리지만 산전수전 다 겪었기 때문에 진상 처리는 누구보다 자신 있거든요. 제가 사실은 조폭 형님들 쫓아다니며 시체 처리도 해봤어요."

경미 실장은 목을 한 바퀴 돌린 뒤 기지개를 켜며 말했다.

"그래? 알고 보니 경력자네? 뒤처리라는 점에서 시체 처리와 일맥상통하는 일이긴 해. 그런데 조건이 있어. 무조건 석 달 이상 해야 해. 중간에 내빼는 건 안 돼."

종구가 경례를 하며 말했다.

"넵, 캡틴!"

두 달 만에 전문상담사라니. 때마침 전문상담사가 세 명이나 그만두는 바람에 특채를 한 셈이었다. 경미 실장도 잠시 땜빵을 하자는 심산이었을 것이다. 전문상담사가 된

지 이제 겨우 사흘이 지난 종구의 얼굴은 피자 가장자리처럼 노릇노릇하게 변했다. 조금 있으면 신제품 피자에 듬뿍 뿌려진 에멘탈크림치즈처럼 샛노란색이 될 것이었다.

형조는 종구가 기가 막히면서도 부러웠다. 중학교 때부터 가출을 밥 먹듯이 하고 여자를 수십 명 만나봤다는 종구의 삶이 한심하면서도 궁금했다. 가끔 옥상에서 말동무가 되어준 종구는 대책 없는 성격이지만 얼굴을 보기만 해도 기분이 좋았다. 판소리 소리꾼을 떠올리게 하는 종구의 입담은 듣는 이가 자신도 모르는 사이 이야기에 집중하게 만들었다. 속으로는 거짓말일 거라고 단정하고 듣는데도 머릿속으로는 장면을 상상하게 되니 대단한 재주였다.

종구 옆에 앉은 시현의 무표정한 얼굴이 형조의 눈에 들어왔다. 시현은 아침부터 부산 해운대 진상에게 괴롭힘을 당하고 있었다. 진상은 일주일 전만 해도 하루에 네다섯 시간 전화를 걸어왔는데 오늘은 쉬는 날이라서인지 오픈 시간부터 시현을 물고 늘어졌다.

카카오톡 문자가 도착하는 소리가 들렸다.

─아들, 시간 나면 전화 좀 줘. 중요한 일이야.

형조는 짜증이 나면서도 주문이 밀려드는 12시 전에 통화를 하는 게 낫겠다 싶어 옥상으로 올라갔다.

"무슨 일인데요?"

말을 꺼내기 전에 한참 뜸을 들이는 걸 보니 또 뭔가 안 좋은 일이 생긴 모양이었다. 어머니가 기어들어가는 목소리로 말했다.

"너한테 이런 말 하긴 미안하지만 글쎄 유선이가 지금 다니는 대학 관두고 재수를 하겠다고 하네. 오빠가 대출 받아서 학원비 대주면 나중에 갚겠다고……."

형조는 그럴 상황이 아니니 정 재수를 하고 싶으면 학원에 다니지 말고 혼자서 공부하라고 말하다가 갑자기 화가 치밀어올라 전화기에 대고 고함을 질렀다.

"내가 은행도 아니고 무슨 대출을 해요? 이제 스무 살도 넘었으면 자기 일은 자기가 알아서 하라고 하세요!"

어머니도 더 이상 아들에게 의지하지 말고 자기 인생을 살라고 말하고 싶었지만 그 말은 차마 하지 못했다. 형조는 어머니가 자신을 감정 배출구쯤으로 여긴다고 생각했다. 어머니는 남편이 죽었을 때도, 사귀던 남자와 헤어졌을 때도, 일자리를 잃었을 때도 어린 형조를 앞에 앉혀놓고 하소연을 늘어놨다. 최근 들어 어머니는 형조의 감정까지 통제하려 들었다. 어젯밤에는 주리와 주고받은 핸드폰 문자를 훔쳐본 다음 진지한 표정으로 말했다.

"시험에 합격하면 예쁜 여자들이 줄을 설 테니까 그때까지 여자는 만나지 마. 일단 시험부터 붙어야지. 중요한 때

정신 분산되면 안 돼.”

형조는 최악의 콜센터 진상고객을 마주한 것처럼 소름이 끼쳤다. 아침부터 특정 상담사를 불러내 분풀이를 하는 진상고객처럼 어머니가 지겨웠다. 어머니뿐이 아니었다. 형조는 최근 들어 부쩍 가족이 버거웠다. 물론 가족들은 형조를 장남 대접해줬다. 좋은 음식, 따뜻한 아랫목은 언제나 형조의 몫이었다. 하지만 좋지 않은 것도 형조가 1순위였다. 형조는 늘 가족의 울타리가 되어야 했고 자신이 원하는 것보다는 가족이 원하는 것을 생각해야 했다. 마음 한 구석에 똬리를 틀고 있던 이런 불만이 수면 위로 떠오른 것은 주리를 좋아하게 된 이후였다. 마치 집에서 기르던 고양이의 발톱을 처음 발견한 것처럼 형조는 어머니의 한마디 한마디에 소스라치고 예민해졌다. 차라리 고아라면 좋으련만. 집안 형편은 생각지도 않고 재수를 하겠다는 둘째 여동생은 그나마 나았다. 고등학교를 졸업하자마자 임신을 하고 남자친구와 살림을 차린 첫째 여동생도 골칫덩이였다. 심지어 아무런 기억이 남아 있지 않은 아버지마저 원망스러웠다. 아버지가 일부러 자신의 책임을 아들에게 전가하려고 빨리 죽어버리기라도 한 것 같았다. 진상고객보다 감정을 들쑥날쑥하게 하는 것은 가족이었다. 진상고객보다 더 진상스러운 가족. 형조는 그들을 블랙리스트에 등록하고 그들이 거는 전화를 평생 거부하고 싶었다.

형조는 발치에 놓인 커피캔을 발로 세게 찼다. 벽에 맞고 튕겨나간 커피캔은 갈라쇼를 하는 스케이트 선수처럼 회전하다가 누군가의 발치에 멈춰 섰다. 커피캔을 줍기 위해 허리를 굽힌 주리가 고개를 들어 형조를 물끄러미 올려다봤다.

하동민

점심때부터 주문이 폭주했다. 사장은 소리 지르는 시간도 아깝다는 듯 굳은 얼굴로 기계처럼 피자를 만들었다. 오늘만큼은 화덕의 얼굴도 굳어 있었다. 살인적인 주문량에 지친 모양이었다. 동민은 이 일을 그만두면 크리스마스이브 같은 날에는 피자 따위 시켜 먹지 않겠다고 다짐했다.

동민은 버스와 승용차 사이를 통과해 오리털 코트로 무장한 행인들 사이를 곡예하듯 질주했다. 몇 시간 동안 추운 바람 속을 달리다 보니 온몸이 저릿했다. 때때로 헬멧을 쓰고 오토바이에 올라간 채로 온라인 레이싱 게임 속으로 들어온 것처럼 현실감이 느껴지지 않았다. 동민의 몸은 조종당하는 캐릭터처럼 사장의 명령대로 움직였다. 스무 살 때부터 배달 아르바이트를 시작한 동민은 눈 감고도 오토바이를 탈 수 있었지만 이러다가 정말로 아르바이트를 하다가 세상을 하직하는 게 아닌가 하는 걱정이 들었다. 사장은 신호를 무시하고 도로를 질주하는 동민에게 "더 빨리, 더 빨리!"를 반복해서 외쳐댔다.

질주하는 도로 위에서 동민은 늘 그렇듯이 시현을 상상했다. 반라에 가까운 모습으로 침대에 누운 시현을. 그 모습은 연기처럼 금세 사라져버렸다. 어느 순간 굉음과 함께 오토바이가 날아들었고 동민은 오토바이와 충돌했다. 순식간에 일어난 일이었다.

동민은 누운 채로 손과 발을 움직여봤다. 다행히 어디가 부러지진 않은 것 같았다. 다만 너무 놀라서 주변이 희부옇게 보였다. 수수깡 같은 뭔가가 동민의 눈에 들어왔다. 저게 뭐지…… 멀리 떨어져 있는데다가 시야가 흐릿해서 정확히 무엇인지 알 수 없었다. 잠시 후 동민은 그것이 사람이란 것을 깨달았다. 동민은 숨을 몰아쉬며 그대로 누워 있었다.

경찰과 구급차가 도착했다. 구급대원이 동민을 일으켜 세워주었다. 구급대원은 상대편 오토바이가 자동차에 한 번 부딪친 후 동민의 오토바이와 충돌한 것 같다고 말했다.

동민은 자신과 부딪친 상대방에게 다가갈 엄두가 나지 않았다. 신호를 위반한 것은 상대편이었지만 원망스럽진 않았다. 동민 역시 하루에 몇 번씩이나 죽을 고비를 넘기며 배달을 하고 있었으니까. 동민은 주춤주춤 그에게 다가갔다. 멀리서 본 모습과 가까이에서 본 모습은 많이 달랐다. 의식을 잃은 그의 다리 주변에는 피가 흐르고 있었다. 죽은 걸까. 죽었다 살았다를 따지기엔 그는 이미 사람 같지 않았다. 고춧가루를 잔뜩 뿌린 찌개 안에 터진 계란 같기도 했고 마구 헝클어진 피자 위 토핑 같기도 했다. 동민은 황망히 시선을 돌려 쓰러진 그의 오토바이를 쳐다봤다. 오토바이 뒤에 달린 배달통에는 검은색 닭이 그려져 있었다.

구급차에 올라탄 동민은 사장에게 전화를 걸었다. 사장은 다짜고짜 욕을 해댔다. 사정을 말해도 막무가내였다.

"목소리 들으니까 멀쩡한데 어서 돌아와서 배달해. 주문 밀려 있단 말이야."

동민은 당황해서 말을 더듬었다.

"아니 어, 어떻게 사고가 났는데 어디가 어떻게 다쳤는지는 묻지도 않습니까? 제 오토바이에 부딪힌 사람은 지금 의식이 없어요. 죽을지도 몰라요. 그래서…… 그냥 갈 수가 없……."

동민은 헬멧을 쓴 덕분에 종아리에 멍이 들고 손목에 경미한 찰과상을 입은 데 그쳤지만 상대편은 피가 많이 났다. 정신도 잃었다. 다행히 동민이 사고의 직접적인 원인은 아닌 것 같았다. 동민은 이런 것들을 사장에게 말하고 싶었지만 목소리가 나오지 않았다. 헤드셋 너머에서 고막을 진동하는 거센 소리가 터져나왔다.

"이 새끼야! 네 목숨은 네가 지켜. 어디서 훈계질이야. 그리고 네가 무슨 예수야? 생판 처음 본 사람 목숨을 왜 네가 걱정하냐고. 네가 할 일은 여기 와서 밀려 있는 피자 배달하는 거야."

동민은 전화를 끊어버렸다. 곧이어 무전기가 울렸지만 무전기도 껐다. 다친 사람은 미성년자였다. 따로 부를 사람도 없었다. 핸드폰에 저장된 번호가 단 하나 치킨 배달점이라니.

동민이 처음 배달 일을 시작한 건 재수생 때였다. 그해에 모 피자 체인점 배달원이 교통사고로 죽었다. 그의 죽음은 비극이었지만 그는 다른 배달원들에게는 구원자나 마찬가지였다. 30분 배달제를 내세운 그 업체는 이후로 그 업무 지침을 폐지했고 다른 업체들도 유사 지침을 폐지했다. 이후로 근무 환경이 나아지나 싶었지만 그렇지도 않았다. 30분 배달제는 소리 소문도 없이 부활했다. 여전히 도로는 오토바이에 치킨과 피자를 매달고 목숨을 건 묘기를 부리는 오토바이들로 넘쳐났다. 배달 앱과 대행업체가 늘어나면서 또다시 속도 경쟁이 붙은 것이다. 동민은 화덕에게 자신이 죽으면 점퍼 안에 넣어둔 유서를 자신의 어머니에게 전해주라고 농담을 하곤 했다. 처음에는 죽음의 무도회를 벌이는 것이 스릴 있었다. 설마 하니 자신이 희생물이 될까 하는 거만함이 끝도 없이 속도를 올리게 했다. 하지만 막상 눈앞에서 피투성이가 된 사람을 보니 지금까지 운 좋게 살아남았다는 깨달음이 왔다. 그동안 애써 무시했던 죽음에 대한 두려움이 고개를 쳐들었다. 동민은 적어도 오늘 하루는 오토바이를 몰 자신이 없었다.

동민이 사장에게 오만 정이 떨어져나간 것은 사실 한참 되었다. 사장이 돈밖에 모르는 인간이라는 사실이야 진즉에 알고 있었지만 이 정도일 줄은 몰랐다. 심지어 헬멧은 운전하는 데 방해가 되니 눈비 오는 날에만 쓰라고 하는 인간이었다. 그래도 뭔가 배울 게 있다고 생각해서 지금껏 붙어 있었다. 사장의 피자는 전국 최고, 아니 세계 최고의 맛이었다. 언젠가는 베스트피자를 넘어서는 피자 체인점을 만들겠다는 포부가 우습지 않을 정도로 피자 하나는 기가 막히게 잘 만들었다. 같은 체인점 피자인데도 사장이 만든 피자는 어딘가 달랐다. 동민은 그것이 무엇인지 알고 싶어서 지금껏 버텼지만 그 무언가는 결국 아르바이트생들의 땀과 눈물이라는 생각이 들었다.

동민은 엑스레이를 찍고 간단한 치료를 받은 다음 간호사를 붙들고 환자의 상태가 어떤지 물었다. 간호사는 아직은 잘 모르겠다고 했다. 그때 누군가 배달원에게 다가왔다. 그는 심각한 표정으로 배달원을 내려다보며 자신이 치킨집 사장이라고 했다. 동민은 그에게 상황을 설명해준 뒤 병원에서 나왔다.

동민은 사고 현장으로 돌아가 한쪽에 세워둔 자신의 오토바이를 수습했다. 사고 현장에는 희미한 핏자국이 남아 있었고 흰색 스프레이가 뿌려져 있었다. 동민은 오토바이를 타고 매장으로 갔다. 오토바이를 매장 앞에 세운 뒤 돌아서려는데 사장의 목소리가 들렸다.

"야, 이 새꺄, 어디 가? 배달 안 해?"

동민은 반들반들한 사장의 민머리를 노려보며 배에 힘을 모아 소리쳤다.

"그만둘 거라고!"

사장이 기가 막힌다는 듯이 말했다.

"네가 어떻게 나한테 이럴 수가 있냐?"

사장은 동민이 자신에게 갚아야 할 대단한 빚이라도 있는 것처럼 말했다. 징글징글한 인간. 그건 내가 해야 할 말이라고. 사장이 오토바이를 이리저리 훑어보며 말했다.

"오토바이 고장 안 났어?"

동민은 뒤도 돌아보지 않고 달렸다. 동민은 한때 사장을 존경했다. 다른 아르바이트생들이 냉혈한이라고 치를 떨며 한 달 만에 그만둬도 동민은 일을 그만둘 생각이 없었다. 동민은 돈밖에 모르는 사장이 좋았다. 남들의 평가 따위 신경 쓰지 않고 최고의 피자를 만들어 돈을 긁어모으는 사장에게 매력을 느꼈다. 전국 베스트피자 체인점 중에서 10위권 안에 드는 매출을 기록하는 매장. 사장 옆에만 있으면 자신도 사장처럼 돈방석에 앉을 수 있을 거라고 생각했다.

사장에게 인간적인 모습이 전혀 없는 건 아니었다. 동민은 종종 불 꺼진 매장에서 사장과 술잔을 기울이곤 했다. 사장은 동민에게 고아로 자란 자신이 어떻게 여기까지 왔는지를 이야기해주었다. 사장은 하소연하거나 울지 않았다. 사실 그대로를 담백하게 읊을 뿐이었다.

동민은 버스를 타고 사촌형 집으로 향했다. 볼보XC90이 여전히 그 자리에 있다면 시현을 태우고 바닷가를 달리겠다고 다짐했다. 분위기가 무르익으면 시현의 몸을 얼굴만 빼고 모래로 덮어 물고기 꼬리가 달린 인어공주로 만들어서 움직이지 못하게 한 다음 입을 맞추리라. 상상만 해도 가슴이 두근거렸다. 분명 싸대기를 얻어맞겠지만 코피가 터진다고 해도 후회하지 않을 것이다. 동민은 자동차 창문을 활짝 열어놓고 시현과 바닷바람을 맞는 상상을 했다. 가슴이 뻥 뚫리는 것 같았다.

강주리

주리는 평소보다 일찍 센터에 도착했다. 지난해 크리스마스이브에 지각을 하는 바람에 실수를 갑절로 한 전적이 있었으므로 오늘은 평소보다 서둘렀다. 1년 8개월 동안 추석과 설날 특수를 거치며 더 이상 빨간 날 특수에 대해 막연한 두려움을 느끼지는 않게 되었다. 다만 쉴 새 없이 전화에 응대하다 오주문을 받아 일당을 날리는 불상사가 일어날까봐 걱정할 뿐이었다. 각 상담사에게 배당된 종이에는 오늘 숙지해야 할 새로운 세트 상품에 대한 소개 멘트가 나와 있었다. 어제와 다르기 때문에 잘못 안내했다가는 일당이 날아갈 수 있었다. 주리는 새로운 소개 멘트를 몇 번이고 반복해서 읽었다.

11시 반이 되자 콜이 빗발치기 시작했다. 1차 쓰나미였다. 당장이라도 주리를 덮쳐버릴 것 같은 커다란 파도가 아가리를 벌린 채 위아래로 쿨렁거리며 다가오고 있었다. 쓰나미가 우박을 동반했던가? 소리만 들으면 어디선가 정해진 시각에 우박이 떨어지도록 장치해놓은 것 같았다. 주리는 고객의 목소리에 집중하려 애썼다. 다른 상담사들의 목소리 때문에 고객의 목소리가 잘 들리지 않았다. 주리는 귀를 덮은 헤드셋을 양손으로 쥐고 귀 위로 꾹 눌렀다. 그래도 잘 들리지 않았다. 문영 실장은 말할 것도 없고 평소 관대한 편인 경미 실장까지 한 손에 기다란 막대기를 들고 소리쳤다.

"정신 차려, 정신! 거기 뭐 해? 전화 안 받아? 어서 받아, 어서!"

주리는 거센 파도에 맞아 실신할 것 같았다. 지진해일 예보가 발령되면 붕괴 우려가 없는 옥상으로 올라가야 한다는데. 당장 옥상으로 올라가 담배를 피우고 싶은 생각이 간절했지만 한시도 쉴 수가 없었다. 욕을 얻어먹어도 기분 나쁠 틈이 없었다. 그야말로 온갖 전화가 빗발쳤다.

"홍준미 당장 바꿔!"

"홍준미요?"

"준미가 맛있다고 해서 믿고 샀는데 맛이 왜 이 모양이야? 준미 바꿔!"

홍준미는 베스트피자 전속 모델이었다. 그럼에도 불구하고 부드럽게 응대해야 한다는 것이 문제였다. 고객은 무려 10분 동안 홍준미 욕을 하다가 전화를 끊었다. 다음 전화 역시 주리의 혼을 쏙 빼놓았다.

"이봐요! 방금 베스트피자 배달원이 내 여동생을 치어놓고는 그냥 갔어. 어떡할 거야?"

"네? 그래서 여동생이 많이 다쳤나요?"

"다쳐서 울고 있잖아!"

"그런 건 경찰에 신고하셔야……."

"뭐라고? 이 살인범이 지금 발뺌하는 거야?"

진상이 연타로 걸리다니. 주리는 비명을 지르고 싶었다. 그는 주리에게 '살인범'이라고 여러 번 반복한 후 전화를 끊었다. 살면서 살인범 소리는 처음 들었으므로 주리는 여러 번 심호흡을 해야 했다. 하지만 성마른 문영 실장은 그마저도 허용치 않았다.

"어서 받아요, 어서! 마임 하고 있으면 모를 줄 알고? 얼굴만 봐도 알아요."

문영 실장은 실장 중에서 가장 악명 높았다. 못생긴 새처럼 생겼는데 별명은 딱따구리였다. 삼십대 중반의 나이에 아줌마 상담사들에게도 말을 가리지 않았다. 저 여자가 귓가에서 따다닥거리면 주리처럼 몸속이 텅 빈 나무는 새가 갉아먹은 살이 다시 돋아날 때까지 숨을 골라야 했다. 주리는 저러니 살이 안 찌지 싶게 깡마른 문영 실장의 몸조차 혐오스러웠다.

"가만히 앉아서 전화만 받는 게 힘들어요? 힘들면 당장 나가요. 마트나 공장으로 가세요. 거긴 의자 같은 건 없으니까."

저 여자가 여러 번 우려먹은 저 레퍼토리는 종종 주리의 간담을 서늘하게 만들었다. 지금이야 저런 소리 들어도 불쾌할 뿐이지만 서른 살까지 취직을 못하고 이곳에서 일하고 있다면? 내가 가질 수 있는 최상의 직업이 콜센터 상담사라면? 주리는 문영 실장에게 저런 말을 들은 날이면 유난히 공부가 잘되었다. 퇴근길 버스 안에서도 단어장에서 눈을 뗄 수가 없었다.

그나저나 벌써 12시였다. 결국 또 한 번의 크리스마스이브를 이곳에서 보내게 되는 걸까. 우울감이 주리를 무겁게 짓눌렀다. 무심코 주위를 둘러봤는데 눈물을 훔치며 계단으로 올라가는 시현이 보였다. 주리는 건너편의 용희에게 입 모양으로 물었다.

"왜 저래?"

용희는 어깨를 들썩여 모른다는 표현을 했다.

문영 실장이 화장실에 갔을 때 카카오톡으로 형조에게 사연을 들은즉 일주일 전부터 집요하게 시현을 괴롭혀온 블랙컨슈머가 아침부터 전화를 해서 시현에게 사과하라고 요구한 모양이었다. 물론 사과는 했다고 한다. 100번은 더 했을 것이다. 아무리 사과를 해도 블랙컨슈머는 진심이 안 배어 있다며 다시 하라고 요구했다. 대기업 부장이라고 주장하지만 목소리만 들으면 삼십대 초반으로 추정되는 남자에게 일주일 내내 하루 평균 네다섯 시간씩 괴롭힘을 당한 셈이었다.

주리는 점심 시간이 되어서야 시현에게 자세한 이야기를 들을 수 있었다.

"평생 콜센터에서 일하라고 해서 너도 평생 진상 짓이나 하라고 해버렸다구?"

용희가 배를 잡고 깔깔댔다. 주리는 걱정스러운 표정으로 물었다.

"그 소리 처음 듣는 것도 아닌데 왜 그랬어? 너답지 않게."

"나도 몰라. 내가 안 그랬어."

"그럼 누가 그랬어?"

"내 안의 미친년이."

시현은 식당 밖으로 나가 담배에 불을 붙였다. 용희는

터져나오는 웃음과 함께 입 밖으로 나온 밥풀을 휴지로 닦으며 말했다.

"최시현 저거 처음으로 맘에 드네. 진상에게 그런 말을 하다니. 역시 난년이야 난년."

주리도 시현이 다시 보였다. 블랙컨슈머에게 똑같이 욕을 해주는 것. 모든 상담사가 간절히 바라는 것이었다. 간절히 원하면서도 행동으로 옮길 수 있는 상담사가 몇이나 될까. 용희가 말했다.

"그럼 관둬야 하는 건가?"

주리도 알 수 없었다. 시현은 그동안 일을 잘했으니 한 번쯤 눈감아줄지도 모른다. 하지만 처음에 면접관은 고객에게 똑같이 감정적으로 대응하면 퇴사라고 징을 박았다. 뭐 그리 대단한 직장이라고 인간 이하의 취급에도 참아야 한다면 그만두는 게 나으리라. 주리는 하루에도 몇 번씩 진상고객에게 욕을 퍼부어주고 그만두는 상상을 했다.

시현이 다시 식당으로 들어와 말했다.

"나 오늘부로 관둘 거야. 문영 실장 그 미친년이 나보고 진상에게 직접 전화 걸어서 사과하래. 내가 그 짓까지 해야 하냐? 나 그만두고 지금 당장 해운대로 갈 거야."

"야야, 진정해. 처음에 그랬잖아. 3주 전에 말 안 하면 무단퇴사라고. 급여의 70프로만 준댔어."

용희가 물었다.

"근데 왜 갑자기 해운대야?"

"그 새끼가 해운대 살아. 해운대 근처의 핸드폰 대리점이야."

"우하하하하. 동종 업계네."

"미친놈, 대기업 부장이라더니 피자 배달 주소는 핸드폰 대리점이야. 피자 시킬 때는 주소에 지번만 썼어. 근데 인터넷 검색해봤더니 핸드폰 대리점이잖아. 나 장난 아니야. 가서 똑같이 지랄해주고 올 거니까 구경할 사람은 같이 가."

주리는 이해가 안 되었다. 시현은 그보다 더한 악질 진상도 노련하게 처리하곤 했다. 형조에게 들으니 부장님이 낮은 강도의 성희롱을 한 모양이었다. 너처럼 목소리가 예쁜 여자랑 피자를 먹으면 피자가 더 맛있을 테니 부산까지 직접 피자를 갖고 오라고 했다나? 주리가 알기로 그 정도 말은 콜센터에서는 성희롱 축에도 못 들었다. 게다가 평소 시현은 그런 말을 못 들은 척 넘겨버리는 데 고수였다. 아무래도 시현이 한계에 다다른 모양이었다. 주리는 시현의 복수 따위 관심 없었지만 덩달아 감정이 북받쳐올라 자동으로 시현을 따라나섰다. 시현은 옥상으로 걸어 올라가고 있었다.

“야, 왜 엘리베이터 안 타는 건데?”

시현이 5층을 지나 옥상 문을 열어젖히며 말했다.

“운동 후에 태우는 담배가 꿀맛이거든.”

시현은 옥상 난간에 몸을 기대고 담배를 깊숙이 빨았다. 주리가 숨을 가쁘게 내쉬며 물었다.

“정말 갈 거야?”

“거짓말 같아? 어차피 관두려 했어. 지겨워서 못하겠어. 넌 계속할 거야? 입버릇처럼 이번 달까지만 한다고 했잖아.”

주리도 관두고 싶었다. 하지만 입버릇을 실천하는 사람은 생각처럼 많지 않다. 실천할 수 없기 때문에 말이 앞서는 것이다.

“아프다고 하고 빠질까?”

주리는 실장님께 물어보고 오겠다고 하고는 아래층으로 내려갔다가 금세 다시 옥상으로 올라왔다. 주리가 시현을 향해 싱겁게 웃어 보였다. 그러고는 결심한 듯 내뱉었다.

“나도 갈래.”

몸살기가 있다고 오늘 하루 빠져도 되느냐는 주리에게 문영 실장은 며느리를 벼르고 있던 시어머니처럼 쏘아붙였다.

“그냥 관둬. 콜 없을 때는 자리 지키고 앉아 있으면서 콜

많을 때 빠지는 게 말이 되니? 크리스마스 같은 날을 위해
서 센터가 너희를 고용하고 있는 거야.”

마치 자신들이 주리에게 거저로 월급을 준다는 투였다.
문영 실장 앞에서는 찍소리도 못했으면서 주리는 옥상에
올라와서야 부글부글했다. 어려서부터 그랬다. 늘 한 박자
늦게 해야 할 말이 생각나곤 했다. 하지만 실장을 엿 먹이
겠다고 결심한 이 순간에도 일을 벌이고 난 이후가 걱정되
어 모골이 송연해지는 게 사실이었다. 주리는 작게 말했다.

“그래도 갈 거야. 될 대로 되라지. 그런데 어떻게 가지?
기차 타고?”

시현이 핸드폰으로 시간을 확인하며 말했다.

“기다려. 동민이 올 거야.”

“동민이? 배달은 어쩌구?”

잠시 후 신호처럼 반복되는 클랙슨 소리가 울렸다. 시현
이 아래를 내려다보며 손을 흔들었고 자동차 안에서 누군
가 손을 흔들었다. 바보처럼 웃으며 위를 올려다보는 남자
는 동민이었다. 주리가 시현을 따라 엘리베이터에 올라타
며 물었다.

“동민이 맞지?”

시현은 대꾸 없이 이어폰을 귀에 꽂고 콧노래를 흥얼거
리며 1층 버튼을 눌렀다.

파란색 자동차 중간 좌석에는 형조가 앉아 있었다. 시현
은 조수석으로, 주리는 형조 옆으로 올라탔다. 7인승 자동
차를 처음 타본 주리는 눈을 들어 구경하느라 바빴다. 착
석감도 좋고 뭔가 대단히 고객을 배려하면서 만든 자동차
라는 생각이 들었다. 뒤쪽에서 용희의 웃음소리가 들렸다.
형조의 뒷자리에 숨어 있던 용희가 고개를 들며 말했다.

"왜 놀라? 너 나 떼어놓고 가려고 했어? 나 챙겨주는 사
람은 동민이밖에 없다니까."

"여름도 아니고 선글라스는."

"요 앞 안경점에서 샀어. 그래도 바다 보러 가는데."

용희는 여행이라도 가는 줄 아는 모양이었다. 주리는 막
상 떠나려니 걱정이 되었다. 주리가 친구들에게 물었다.

"너희들 정말 모두 후회 안 하는 거야? 뒷일을 어떻게 수
습하려고?"

시현이 말했다.

"강요 안 하니까 빠질 사람은 지금 빠져."

아무도 빠지겠다고는 하지 않았다. 용희는 형조가 편의
점에 음료수를 사러 간 사이 동민의 뒷자리로 넘어왔다.
용희가 동민의 어깨에 묻은 먼지를 털어주며 말했다.

"하동민, 이 차 네 거야?"

"당근 아니지. 사촌형 거야. 말도 안 하고 가져왔는데 알

면 난리 날 거다."

용희가 입술을 동그랗게 만들며 고개를 끄덕였다. 말 안 해도 다 안다는 표정이었다. 주리는 피식 웃었다. 동민은 시현의 일이니 앞뒤 가리지 않고 따라나섰을 것이다. 사실 주리는 지금 이 순간에도 갈등 중이었다. 쏠리는 대로 행동할 나이는 지났다.

형조가 차 안으로 들어와 음료를 건네자 용희가 가방에서 태블릿피시를 꺼내며 말했다.

"네이버로 찾아보고 가자. 최시현, 주소 줘봐."

시현이 주머니에서 꼬깃꼬깃한 종이를 건넸다.

"부산광역시 해운대구 해운대로 ×××."

용희는 주소를 소리 내어 읽으며 네이버 지도에 입력하고 로드뷰를 클릭했다. 대로변에 위치한 핸드폰 대리점이었다. 용희가 항공뷰를 클릭한 순간, 형조는 감탄사를 내뱉었고 주리는 자세를 고쳐 앉았다. 높고 낮은 건물들 뒤로 반짝거리는 에메랄드빛 바다가 눈앞에 펼쳐졌다. 주리는 손가락을 항공뷰 사진의 중간에 갖다 대고 밑으로, 밑으로 끌어당겼다. 손가락 끝에 높고 낮은 건물들이, 파란 바다가, 하얀, 하늘빛의, 파란, 새파란 색으로 그러데이션 되는 하늘이 차례로 닿았다. 해운대 해수욕장이었다.

그동안 네이버 지도를 종종 사용했지만 항공뷰로 바다

콜센터

사진을 본 건 처음이었다. 오래도록 콜센터에 갇혀 있어서 인지 흔하디흔한 바다 사진이 비현실적으로 느껴졌다. 주리가 동민에게 재촉하듯이 말했다.

"어서 가자. 진상 찾아 삼만 리!"

시현이 손가락으로 정면을 가리키며 차분한 음성으로 말했다.

"출발."

시현의 말이 떨어지기 무섭게 차가 움직였다. 문영 실장으로부터 전화와 문자가 쏟아졌지만 경쾌한 음악 소리에 묻혀 들리지 않았다. 창문이 닫히고 차가 속도를 내기 시작했다. 주리는 멀어지는 회사 사옥을 바라보며 이제 이곳도 마지막이구나, 생각했다. 무단퇴사면 급여의 70퍼센트만 나온댔는데. 그럼 얼마를 떼어먹히는 거지? 주리는 머릿속으로 계산을 하다가 머리를 뒤로 기대고 눈을 감아버렸다. 주리의 입에서 웃음이 새어나왔다. 주리는 크리스마스의 그 끔찍한 쓰나미를 마주하지 않아도 된다는 것이 기뻤다.

따뜻한 체온이 느껴졌다. 형조의 따스한 손이 주리의 손을 어루만지고 있었다. 주리는 왼쪽의 용희를 쳐다봤다. 용희는 콧노래를 흥얼대며 창밖을 보고 있었다. 형조가 주리의 손바닥을 간질였다. 주리는 용희가 볼까봐 형조에게 눈치를 주면서도 가슴이 두근거렸다. 동시에 운전석의 동민과 조수석의 시현이 보지 않을까 가슴 졸이는 스릴을 내심 즐기고 있었다. 주리가 시현을 따라나선 건 동민이 간다면 형조도 갈 거라는 계산을 속으로 하고 있었기 때문이다. 형조도 마찬가지 아닐까. 1분 1초를 아까워하는 형조가 불평 없이 따라나선 건 형조도 나와 함께하는 이 여행을 내심 반기고 있기 때문이 아닐까. 주리의 입에서 또다시 웃음이 새어나왔다. 형조와 바다를 보러 가다니. 땡큐 진상! 주리는 진상고객에게 고맙다고 말하고 싶을 지경이었다. 주리는 형조의 손에서 자신의 손을 빼내며 동민에게 물었다.

"근데 동민이 너는 어떻게 온 거야? 배달은 어쩌고?"

"관뒀어. 사장 새끼가 나보다 오토바이를 더 챙기잖아. 오토바이한테 배달시키라고 했지."

그러고 보니 동민의 왼쪽 손목에 붕대가 감겨 있었다. 형조가 말했다.

"쟤네 사장 악질이야. 오토바이 사고 났는데 장사 못했다고 알바비에서 까겠다고 한대. 크리스마스에 배달원 없으면 저만 손해지."

그 순간 편의점 봉지를 손에 든 경미 실장이 차 옆을 스쳐지나갔다. 모두 자동인형처럼 고개가 저절로 숙여졌다.

주리는 이마가 무릎에 닿도록 고개를 숙였다. 실장이 보이지 않는 것을 확인하고서야 모두 고개를 들었다.

　여전히 주리의 몸속에서 두 개의 마음이 충돌했다. 여기만큼 몸이 편안한 일자리도 없다는 마음과 지금 당장 그만둬버리고 싶다는 마음이. 하지만 주리가 선택한 것은 형조와 함께 바다를 보고 싶다는 마음이었다.

우용희

용희는 동민을 쳐다보며 생각했다. 오호, 하동민 다시 봐야겠는데? 사촌형이 이런 고급 차를 몬다니 동민이도 좀 사는 집 자식 아닐까? 진짜 부자는 자식들도 서민처럼 교육시킨다잖아. 피자 배달원부터 콜센터 상담사까지 거친 다음 아버지의 회사를 물려받는 뭐 그런 거. 차가 앞으로 나아가는 것처럼 용희의 상상력도 매끄럽게 뻗어갔다. 용희는 화들짝 놀라며 고개를 숙였다. 오른쪽 창문으로 지수가 보였다. 진상의 전화라도 받은 걸까. 지수는 평소보다 발걸음이 무겁고 표정이 어두웠다. 지수의 거대한 등이 백미러 속에서 조금씩 작아지다가 사라졌다.

용희가 팔을 뻗어 동민의 어깨를 주무르자 동민이 놀라

며 말했다.

"야, 너 갑자기 왜 이래?"

"기사 아저씨 피로 풀어드리는 거쥐잉."

"그래? 그럼 좀 더 세게 주물러봐. 거기, 아니 바로 옆에."

동민은 껄껄 웃으며 너스레를 떨었다. 용희는 동민이 다시 보였다. 얼굴과 몸이 잘생긴 것은 물론이고 성격도 좋았다. 등잔 밑이 어둡다고, 그러고 보니 그동안 꽤 괜찮은 신랑감을 못 알아봤는지도 모른다. 그때 동민의 핸드폰이 울렸고 동민은 잠시 망설이다가 받았다.

"형, 내일 갖다놓을게. 하루만 쓰면 안 될까?"

전화기 밖으로 고성이 흘러나왔고 통화는 끊어졌다. 동민은 어깻죽지를 축 늘어뜨린 채로 작게 말했다.

"얘들아, 미안."

동민은 말없이 차를 몰아 근처 지하철역 출구 옆에 댔다. 그곳에는 풍채 좋은 남자가 서 있었다.

"얘들아, 내려."

"내리라고? 여기서?"

용희를 제외한 모두가 이미 차에서 내리고 있었다.

키 큰 남자가 손을 위로 들어올려 동민을 때리려는 시늉을 하자 동민은 목을 움츠리며 두 손으로 머리를 감쌌다. 동민은 고개를 푹 숙이고 움직이지 않았다. 그는 동민을 때리지는 않았다. 그는 형조와도 아는 사이인지 형조의 어깨를 툭 쳤다. 동민은 그 남자가 운전석에 올라탈 때까지 움직이지 않았다. 용희가 동민을 째려보며 말했다.

"으휴, 하동민. 네가 그럼 그렇지."

동민은 차가 사라진 후에야 손을 내리며 고개를 들고 차가 사라진 쪽을 향해 가운뎃손가락을 들어올려 말했다.

"부모덕으로 먹고사는 백수 새끼 주제에."

형조가 말했다.

"그래도 공부는 잘했잖아."

주리는 형조에게 그가 무슨 대학을 나왔는지 물었다. 형조가 뭐라고 답하자 주리가 눈을 크게 뜨며 말했다.

"정말? 그럼 아이비리그잖아. 근데 왜 백수야?"

"백수 아니야. 아버지 사업체 맡아서 해. 진짜 신기한 형이야. 노는 데도 1등이었거든. 수재면 뭐 해, 공부에 뜻이 없어. 한량이야 한량. 그래도 우리한테 잘해줬어. 수능 끝나고 술도 사주고 미팅도 시켜주고."

미팅이란 말에 주리의 미간에 선이 그어졌다. 용희는 김이 새버렸다. 동민이 사촌형을 욕하는 것은 그 와중에 시현의 몸을 훑던 그의 시선 때문이리라. 줄곧 침묵하던 시현이 말했다.

"이제 어쩔 거야? 실장이 전화하고 난린데."

주리가 핸드폰을 확인하며 말했다.

"부재중 통화가 열두 개. 들어오면 죽는대."

형조도 핸드폰을 확인하며 말했다.

"나는 열다섯 개."

용희가 한숨을 내쉬며 말했다.

"빌어야 되겠지?"

동민이 여자들을 돌아보며 말했다.

"무슨 소리야. 왜 들어가? KTX 타면 되지. 내가 돈 낼게. 가자!"

동민은 스마트폰으로 금세 결제를 마친 뒤 몸을 흔들며 이 노래 저 노래가 뒤섞인 기이한 노래를 불렀다.

"별이 쏟아지는 해변으로 가요~~ 여수 밤바다~"

시현이 무표정한 얼굴로 말했다.

"무슨 소리야? 해변이 아니라 진상 보러 가는 거야."

동민은 시현의 얼굴에 자신의 얼굴을 바짝 붙이며 말했다.

"그니까 진상 보는 김에 바다도 보는 거지이."

용희가 동민에게 팔짱을 끼며 말했다.

"가자!"

용희는 지하철에 올라타서는 동민 옆에 붙어 앉아 물었다.

"너 일도 그만뒀는데 돈 많아? KTX 다섯 명 부담스럽지 않아?"

동민이 시선은 여전히 시현에게 둔 채로 말했다.

"너희에게 그 정도 못 쏘겠냐."

용희는 동민이 정말 부잣집 아들일지도 모른다는 생각이 들었다. 그러면서도 용희의 관심은 여전히 명수가 혹시나 보냈을지 모를 카카오톡 문자에 쏠려 있었다.

다 같이 서울역에서 내려 KTX에 올라탔다. 시현은 곁에 누군가 앉는 것을 막기 위해서라는 듯 옆자리에 핸드백을 올려놨다. 동민은 잠시 망설이다가 시현의 뒷자리에 앉았고 용희는 잽싸게 동민 곁에 앉았다. 홀로 앉아서 부산까지 가고 싶진 않았다. 동민이 용희에게 목캔디를 하나 건넸다. 용희는 또다시 명수 생각이 났다. 명수는 늘 껍질을 까서 입안에 넣어줬다.

동민이 시현 들으라는 듯 목소리를 높여 말했다.

"역시 여행은 고속버스를 타야 제맛인데. 휴게소에서 우동이랑 맥반석오징어도 먹고."

용희가 말했다.

"나는 통감자랑 감자전. 외가가 강릉이거든."

용희는 시현을 힐끔 쳐다봤다. 시현은 귀에 이어폰을 꽂은 채로 팔짱을 끼고 눈을 감고 있었는데 무릎에는 유명

콜센터

여자 아나운서가 쓴 책이 놓여 있었다. 용희가 동민의 옆구리를 팔꿈치로 찌르며 말했다.

"이동 매점 있으니까 간식 좀 사 와."

어느새 형조가 다녀왔는지 형조는 양손에 든 소시지, 맛밤, 음료 등을 친구들에게 나눠줬다. 용희는 잽싸게 맛밤을 낚아채 입에 넣으며 말했다.

"역시 매너남 박형조. 하동민 너는 늘 입이 먼저야."

빠르게 달리는 KTX 열차 안에서 용희의 시간은 더디게 흘렀다. 명수는 이럴 바에 헤어지자는 용희의 카카오톡 문자에 아무런 응답이 없었다. 노란색 작대기가 사라지지 않은 걸 보면 읽지도 않은 것 같았다. 용희는 당장 전화해서 왜 문자를 읽지 않느냐고 따지고 싶었지만 안간힘을 다해 참고 있었다. 대기업에 취업하기 전만 해도 명수가 용희의 문자에 답하기까지는 10분 이상 걸린 적이 없었다. 그런데 이별 통보 문자를 보낸 지 16시간 30분이 지나는 지금 이 시각까지 용희는 아무런 답도 받지 못하고 있었다.

뒤에 앉은 주리는 뭐가 그리 좋은지 형조와 쉼 없이 재잘댔다. 형조는 주리가 이야기할 때마다 주리 쪽으로 고개를 기울여 들었다. 저것들이 혹시 사귀나? 용희는 신경이 곤두섰다. 이 열차 안에서 자신만 빼고 모두 사랑에 빠진 것 같아 외로웠다. 콜센터와는 다른 창밖 풍경이 가슴을 탁 트이게 해야 정상인데 누군가 배 위에 올라타 가슴을 누르고 있는 것처럼 갑갑했다.

스마트폰을 들여다보던 용희는 가슴이 철렁 내려앉았다. 드디어 명수가 카카오톡 문자를 읽었다. 10분 전만 해도 선명히 보이던 노란색 작대기가 사라졌다. 용희는 귀가 먹먹해지며 심장이 쿵쾅거렸다.

부산역에서 가장 먼저 눈에 들어온 것은 부산역 광장의 대형 크리스마스트리였다. 용희가 주리에게 말했다.

"지금이 크리스마스이브가 맞긴 맞구나. 지난해에는 센터에 갇혀 있어서 크리스마스 기분도 못 냈지."

그래도 지난해 크리스마스이브에는 명수와 함께였다. 명수는 늦은 밤 콜센터 앞에서 꽃을 들고 용희를 기다렸다. 명수는 돈을 벌면 결혼하자고 했고 용희는 속으로는 좋으면서도 이렇게 답했다. 아직 취업도 못했는데 무슨 결혼이야.

다 함께 주리의 셀카봉으로 사진을 찍었다. 네 명의 얼굴을 전부 화면 안에 집어넣느라 트리는 잘 나오지 않았지만 모두 불 켜진 전구처럼 환하게 웃었다. 누군가 빠진 것 같다고 생각한 순간 동민의 목소리가 들렸다.

"야, 이리로 와."

멀찍이 떨어진 곳에 주차된 검은색 자동차의 운전석에

앉아 클랙슨을 울리는 사람은 동민이었다. 용희는 동민에게 달려가 물었다.

"이게 뭐야?"

"내가 누구냐. 오면서 예약했지."

형조가 동민의 머리를 밀며 말했다.

"내가 했잖아."

용희는 금세 기분이 좋아졌다. 어서 타고 출발하자는 동민과 다르게 형조는 렌터카를 한 바퀴 돌며 꼼꼼히 검사했다. 타이어를 손가락으로 눌러보고 차체에 흠집이 있지 않나 확인하고 보닛을 열어 내부까지 살폈다. 용희는 공항 검색대의 보안검색 요원처럼 진지한 표정으로 형조 곁에서 함께 차를 살피는 주리를 보며 둘이 잘 어울린다고 생각했다. 여행은 발견일까. 콜센터에서는 평범해 보이던 형조와 동민이 달라 보였다.

형조는 승차해서도 내부를 꼼꼼히 살폈다. 뒷좌석에 앉은 형조가 앞으로 몸을 내밀어 내비게이션이 제대로 작동하는지를 확인하는 동안 동민은 스마트폰으로 게임을 했다. 주리가 용희의 귓가에 대고 말했다.

"렌터카 비용은 형조가 내는 거야."

"그래? 네 남친에게 고맙다고 전해줘."

주리는 얼굴을 붉히며 화제를 돌렸다.

"그나저나 날씨가……."

"아무래도 수상해. 진짜 사귀는 건가?"

용희는 작게 중얼대며 저녁에 간식거리라도 자신이 사야겠다고 생각했다.

용희는 렌터카를 타고 부산 거리를 달리는 중에도 여전히 실감이 나지 않았다. 갑자기 창밖 풍경이 바뀌어 콜센터 부스 안에서 설핏 든 잠에서 깨어날 것 같았다. 자신의 몸은 여전히 콜센터 부스 안에 있고 도망갈 수 있는 장소는 옥상뿐이며, 담배가 한 개비 타들어가는 동안 잠시 쉴 수 있을 뿐이라는 것을 깨닫게 될 것 같았다. 용희는 심호흡을 하며 정신을 가다듬었다. 불행하게도 명수에게 이별 통보를 하고 읽씹을 당했다는 사실이 지금 막 바다에서 건져 올린 생선처럼 가장 생생한 현실이었다. 용희는 머릿속을 비우려 했지만 명수와의 추억이 차창 밖으로 스쳐지나갔다.

주리가 목이 마르다며 편의점 앞에 잠깐 차를 세워달라고 했다. 형조와 주리가 밖으로 나가자 카카오톡 문자 도착하는 소리가 들렸다.

―네가 원한다면.

내가 원한다면? 그러니까 기어이 헤어지자는 말이지? 용희는 즉시 명수에게 전화를 걸었지만 전화기가 꺼져 있다는 음성 메시지만 들렸다.

형조와 주리가 편의점에서 음료와 아이스크림을 사 들고 돌아오자 차는 다시 달리기 시작했다. 주리에게서 캔커피를 받아든 순간 용희의 눈에서 눈물이 떨어졌다.

"왜 그래?"

용희는 무슨 말을 하려고 했지만 목소리가 나오지 않았다. 의지와 다르게 자꾸만 눈물이 나왔다. 그러다가 자동차가 차도로 뛰어든 새끼고양이에게 무르춤해서 한발 늦게 경적이라도 울리듯이 잠시 후 크게 울음을 터뜨렸다. 시현이 뒤를 돌아보며 말했다.

"우용희 적당히 해라. 그동안 우유부단한 네 남친 얘기 들어주느라 힘들었거든. 여기까지 와서 분위기 망쳐야겠어?"

용희가 시현을 노려보며 말했다.

"넌 왜 말을 그렇게 해? 네가 단 한 번이라도 날 위로해 준 적이 있기나 해?"

용희는 울컥하며 눈 안에 남아 있던 눈물을 모두 쏟아냈다. 시현이 전에 없이 소리를 질렀다.

"너만 우울한 거 아니야. 나도 매일 울고 싶어. 근데 참고 있는 거라고. 네 어리광 들어주는 것도 이젠 질렸어."

용희는 시현에게 무슨 말인가를 더 하려다가 창문을 내

렸다. 쟤는 한 번이라도 사랑을 해봤을까? 남자 때문에 밤
새 울어봤을까? 용희는 얼음장 같은 년에게 말해봤자 입
만 아플 뿐이라고 생각하며 입을 다물었다. 용희는 주리에
게 스마트폰을 건넸다. 주리는 명수가 보낸 카카오톡 문자
를 확인하더니 팔로 용희의 어깨를 감싸고 손으로 뺨을 어
루만졌다.

"나쁜 놈, 이런 말을 문자로……."

주리가 용희의 손을 힘주어 잡으며 형조에게 말했다.

"저거 바다 맞지?"

그 말에 비로소 깨달았다는 듯이 다른 친구들도 소리
쳤다.

"어, 바다다!"

용희는 갯내가 나고 창밖으로 바다가 보이는데도 울렁
거리기만 할 뿐 아무런 감흥이 없었다. 1년 8개월 동안 콜
센터에 갇혀 있다가 처음 본 바다였지만 남자친구의 예의
없는 이별 통보에 멀미가 날 뿐이었다. 차 안에는 한참 동
안 음악 소리만 들렸다. 용희는 음악 소리에 기대어 소리
내 울었다.

동민은 핸드폰 대리점 가까이에 있는 주차장을 가까스
로 찾아내 주차를 했다. 용희는 차의 시동이 꺼지고 동민
과 시현이 밖으로 나가자마자 피식 웃으며 말했다.

"아나운서 아무나 하냐?"

주리가 티슈를 한 장 뽑아 용희의 손에 쥐여주며 말했다.

"시현이가 어때서? 연예인처럼 예쁘잖아. 저 정도면 가능성 있지 않나?"

"일류대 애들도 하기 힘든 게 아나운선데. 그리고 생각해보니까 쟤 뺑쟁이 같아. 콜센터에서 일하는 거 보면 집안이 부자도 아닌 것 같고. 그게 돈이 열라 든다더라."

용희가 다 먹은 아이스크림 막대를 질겅질겅 씹으며 말했다.

"이해가 안 가. 저 정도 외모면 눈만 낮추면 어디든 갈 텐데."

주리는 형조가 듣는다며 조용히 하라고 하더니 손가락을 입술에 갖다 댔다. 형조는 마음껏 말하라는 듯 차 문을 열고 밖으로 나갔다. 용희는 더욱 목소리를 높여 말했다.

"허망한 꿈을 좇는 것도 병이야 병. 우리가 장래 희망에 대통령 적는 초딩이냐? 하고 싶은 것과 할 수 있는 것은 구분해야지."

"그만해."

"뭘?"

그 순간 창밖의 시현과 눈이 마주친 용희는 흠칫 놀라며 입을 다물었다. 주리는 살짝 열린 차 문을 세게 닫은 뒤 용희의 눈을 똑바로 보며 말했다.

"명수 오빠는 이제 그만 포기해. 어쩌면 잘된 건지도 몰라. 그리고 시현이 얘기도 그런 식으로 할 거 뭐 있어? 너 지금 명수 오빠 때문에 제정신이 아니야."

주리는 말을 마치자마자 차에서 내렸다. 용희가 주리의 등 뒤에 대고 욕을 했다.

"나쁜 년."

용희는 차에서 내리지 않았지만 아무도 데리러 오지 않았다. 용희는 할 수 없이 자기 손으로 차 문을 열고 밖으로 나가 친구들을 따라 걸었다. 골목마저도 용희에게 친절하지 않았다. 용희는 넋을 잃고 걷다가 친구들을 잃어버렸다. 이쪽 골목에서 저쪽 골목으로 뛰어다니던 용희는 주리에게 전화를 걸려고 코트 주머니에 손을 넣은 순간 스마트폰을 차에 두고 내렸다는 것을 깨달았다. 여기가 대체 어디지? 용희는 사방을 두리번거렸다.

"이 진상아, 거기서 뭐 해?"

길 잃은 아이처럼 울상을 짓고 있는 용희를 향해 이렇게 소리친 사람은 시현이었다.

최시현

동민이 주차를 하고 시동을 껐을 때 시현의 심장은 이상할 정도로 차분히 가라앉았다. 핸드폰 대리점은 대로변에 있었다. 다 함께 핸드폰 매장까지 걸어가야 했다. 걷기 시작하자 심장이 다시 뛰기 시작했다. 다 같이 나란히 걸었다. 이제 조금 있으면 목표물이 눈앞에 나타날 것이다. 시현은 진상의 면상을 반드시 보고 싶으면서도 한편으로는 보고 싶지 않았다. 목소리만 들어도 소름 끼치는 사람을 직접 본다면 끔찍하지 않을까 하는 생각이 그제야 들었다.

주리가 멈춰 서며 말했다.

"용희가 사라졌어. 이 바보가 대체 어디로 갔지?"

동민이 용희에게 전화를 걸었지만 받지 않는 모양이었

다. 모두들 왔던 길로 다시 돌아가 용희를 찾기로 했다. 모두 짜증을 냈지만 시현은 잠시 시간을 벌어준 용희가 고마웠다. 시현은 왼쪽 골목으로 깊숙이 들어갔다가 다시 오른쪽으로 방향을 틀었다. 골목이 끝나는 지점에서 길 잃은 아이처럼 어깨를 구부린 채 서 있는 용희가 보였다. 시현은 용희를 찾았다고 친구들에게 문자를 보냈다.

다시 다섯이 뭉쳐서 나란히 걸었다. 대로변에 나와서야 동민이 멈춰 섰고 모두 따라 멈췄다. 시현은 동민이 손가락으로 가리킨 매장을 정면으로 응시했다. 태연한 척하려 했지만 초조감을 떨쳐낼 수 없었다. 시현이 담배를 꺼내 입에 물자 동민이 담배에 불을 붙여주며 말했다.

"부산 공기까지 오염시켜야겠냐?"

시현은 담배를 피워도 긴장감이 가시지 않았고 담배 맛도 잘 느껴지지 않았다.

부산 해운대의 핸드폰 대리점은 1층짜리 건물이었다. 건물 맞은편에는 높은 건물이 있었지만 양옆으로는 키 작은 건물들이 늘어서 있었다. 낮은 건물이라서 위화감이 줄어드는 건 아니었다. 저 안에 진상이 있다고 생각하자 그 건물이 이 거리에서 유독 음침해 보였다. 유리창에 붙인 여러 장의 광고지 때문에 내부는 잘 보이지 않았다. 시현은 무엇보다 불과 네다섯 시간 전에 자신을 잔인하게 괴롭

콜센터

힌 사람이 저 안에 있다는 게 실감나지 않았다.

동민이 시현에게 물었다.

"그래서 진상 만나면 어떻게 할 건데?"

"그걸 왜 나한테 물어? 네가 드롭킥을 날려준다며?"

동민은 기억나지 않는다는 듯 머리를 긁적였다. 겁쟁이. 눈앞에 닥치니 겁이 나는 모양이었다. 사실 시현도 막막했다. 뺨이라도 한 대 갈겨야 하나? 얼굴에 침이라도 뱉어줘야 분이 풀리려나? 그러고 보니 그 '분'이라는 것도 여기까지 오는 동안 상당 부분 휘발되었다. 그래도 여기까지 왔는데 그냥 갈 수는 없었다. 시현은 진상의 상판대기라도 보고 가리라 결심했다.

용희가 코트에 달린 모자를 머리 위로 당겨 쓰며 말했다.

"뺨이라도 한 대 후려치고 와."

주리는 얼굴을 찡그리며 말했다.

"경찰서 가려고? 계획을 짜고 들어가자. 어떻게 복수를 할 건지."

형조가 말했다.

"폭력은 안 돼. 콜센터가 왜 진상들을 참아주겠어. 그나마 언어폭력이기 때문이지. 길에서 만난 사람이 욕을 하면 모욕죄로 고소하면 돼. 고객이니까 그냥 넘어가는 거야."

그러고 보니 계획도 제대로 짜지 않고 왔다. 말 그대로 당한 만큼 내키는 대로 갚아준다면 범죄자가 될 것이다. 콜센터에 전화를 걸어온 고객을 찾아가 행패를 부린 청년들에 대한 이야기가 아홉 시 뉴스에 나올지도 모를 일이었다. 동민이 엄지와 중지를 부딪쳐 딱 소리를 내며 말했다.

"진상 짓을 해주고 오면 어떨까?"

"진상 짓?"

"핸드폰 가입하러 왔다고 하고 온갖 진상을 떠는 거야. 눈에는 눈, 이에는 이."

시현이 담배 연기를 뱉으며 말했다.

"근데 어떻게 하면 자연스럽게 진상을 떨 수 있지?"

"진상 떠는 데 정석이 있냐? 그냥 하고 싶은 대로 하면 되지. 무조건 우기기."

시현은 웃으면서도 동민의 말에 동의했다. 진상들은 모두 각기 다른 이유로 진상을 떨었다. 억지는 기본이었다. 작은 빌미를 잡아 폭언을 하고 일자리를 잃게 만들겠다고 협박했다. 평생 그 일이나 하라고 비아냥거렸다. 그래도 상담사는 진상에게 고개를 숙여야 했다.

형조가 진지한 표정으로 말했다.

"중요한 건 우리가 콜센터랑 관계 있다는 걸 눈치채지 못하게 해야 한다는 거야."

손에 바람을 불어넣던 주리는 슬그머니 형조에게 팔짱

을 끼며 말했다.

"설마 피자 콜센터랑 연결시키겠어? 저런 사람들 하루에도 몇 번씩 여기저기 전화해서 진상 떨 텐데. 피자 콜센터에 전화한 건 벌써 잊어버렸을 거야."

형조가 말했다.

"시현이 목소리 알지 않을까? 일반상담도 아니고 전문상담으로 오래 통화했잖아."

시현은 꽁초만 남은 담배를 발로 밟으며 말했다.

"사실은 나도 그게 좀 걸려. 난 아직 그놈 목소리가 생생하거든."

삼십대 초반으로 추정되는 탁한 목소리, 사투리 억양이 강했다. 시현이 주리를 보며 말했다.

"나는 들어가서 한마디도 안 할 거니까 네가 대신 말해줘."

"뭐라고?"

"진상을 부리라고. 매일 보고 들은 게 그건데 그걸 못해?"

"매일 들었지만…… 잘할 수 있을까?"

용희가 웃음을 터뜨리며 말했다.

"주리는 절대 못할걸. 같이 옷 사러 가서 점원이 무례하게 행동해도 말 한마디 못하는 걸."

"못하는 게 아니라 안 하는 거야."

시현이 주리에게 말했다.

"나는 저 안에 들어가서 말 못하는 사람처럼 행동할 거야. 그럼 직원이 좀 답답해하겠지? 그럼 네가 시비를 걸어. 손님한테 무례하게 그게 뭐냐구."

주리는 심각한 표정이었다. 시현도 착해빠진 주리가 그럴듯하게 진상을 부릴 수 있을지 의문이었다. 차라리 용희가 낫지 않을까 생각하는데 형조가 말했다.

"내가 할게. 주리보다는 나을 거야."

주리가 애정을 담뿍 담은 눈으로 형조를 쳐다봤다. 동민이 손가락으로 흰색 건물을 가리키며 말했다.

"그럼 가자."

시현은 가슴이 떨렸다. 응징을 하려는 것뿐인데 범죄라도 저지르는 것처럼 긴장되었다. 학창 시절 친구들 앞에서 센 척하기 위해 문방구에서 물건을 슬쩍하던 것보다는 가볍고, 졸업식 날 학생들을 상습적으로 성추행하던 선생의 차에 흠집을 내던 것보다는 무거운 떨림이었다.

시현은 핸드폰 대리점 문을 밀고 들어갔다. 가장 먼저 유리문에 손을 댄 사람이 자신이었는지 형조였는지 혹은 동민이었는지 기억나지 않았다. 다만 매장 안으로 들어갔을 때 매장 내부가 지나치게 조용해서 잠시 정신이 멍했다

콜센터

는 것은 기억났다. 빨간색 티셔츠를 입은 직원 셋이 문을 바라보는 방향으로 앉아 있었다. 여직원이 하나, 남직원이 둘이었다. 시현의 눈은 자동으로 남자 직원들에게로 향했다. 저 두 사람 중 하나겠지? 누굴까? 연쇄살인범의 얼굴이 지나치게 선량해 보이는 것처럼 그들의 얼굴도 너무나 선량하고 평범해 보였다. 심지어 한 명은 발그레하고 화사했다. 시현은 그 사람 옆에 앉은 남자 앞에 가 섰다. 아무래도 이쪽이지 싶었다. 그의 얼굴에 돋아난 여드름 흉터가 유난히 두드러졌다. 그것이 마치 진상의 표상이기라도 한 것처럼.

형조가 시현 옆으로 다가와 서며 말했다.

"핸드폰 구매하려고요."

남자가 상냥한 음성으로 말했다.

"어떤 모델로 보여드릴까요?"

시현은 남자의 얼굴을 뚫어져라 쳐다봤다. 그 목소리가 아니었다. 게다가 이 남자는 전화기 속 남자에 비해 지나치게 젊었다. 형조가 답했다.

"최대한 저렴한 걸로요."

여드름 난 남자 옆에 앉은 발그레하고 화사한 얼굴의 남자가 말했다.

"이쪽으로 오시죠. 제가 처리해드릴게요."

시현의 시선이 그에게로 향했다. 가래가 낀 듯한 허스키한 목소리. 모두의 시선이 그에게로 쏠렸다. 이 사람을 만나기 위해 여기까지 온 것이다. 너무나 선량하고 멋진 얼굴 가죽을 쓴 악마를 만나려고.

악마가 서너 개의 단말기를 시현 앞에 늘어놓으며 길게 설명했다. 하지만 시현의 귀에는 그 어떤 소리도 명확히 들려오지 않았다. 마치 누군가 고등 껍데기를 귓가에 대고 말하는 것처럼 소리가 번져나갔다. 악마가 직업적인 미소를 지으며 말했다.

"어떤 걸로 하시겠어요?"

시현은 아무거나 가리켰다. 그가 서랍에서 종이를 한 장 꺼내 시현 앞으로 놓아주었다.

"동그라미 친 부분에 기입해주세요."

시현이 펜을 쥐고 적는 동안 그는 스마트폰을 들여다봤다. 그가 갑자기 소리 내어 웃었다. 시현과 형조는 서로 눈을 마주쳤다. 형조가 미간을 찌푸리며 말했다.

"이봐요, 손님을 앞에 두고 뭐 하는 거예요?"

시현은 그제야 이곳에 온 목적이 생각났다. 그만큼 형조의 연기는 사실적이었다.

"이 친구가 말 못한다고 지금 무시하는 거야?"

시현은 얼른 불쾌한 표정을 지어 보였다. 금방이라도 울

것 같은 처량한 표정을. 그가 꼬고 있던 다리를 다소곳이 내려놓더니 어색하게 웃으며 말했다.

"아, 고객님 죄송합니다. 말을 못하시는 줄은 미처 몰랐네요."

하지만 그는 콘크리트처럼 서서히 굳어지는 얼굴 근육까지 제어하진 못했다. 형조가 목소리를 한층 낮춰 말했다.

"표정이 왜 그래? 죄송하다는 사람의 표정이 아니잖아."

그 순간 남자는 불쾌했는지 비웃듯이 피식 웃었다.

"웃어?"

형조가 기회를 놓치지 않고 크게 말하자 그는 금세 미안한 표정을 지었다. 시현은 그 남자의 얼굴을 유심히 쳐다봤다. 형조의 입에서 나온 말은 몇 시간 전에 눈앞의 남자가 시현에게 한 말이었다. 죄송하다는 사람의 표정이 아니잖아. 너 지금 얼굴 찡그렸지? 다 보여. 미안하면 미안한 표정을 지으라고. 그 순간 시현은 눈앞에 있지도 않은 진상고객의 말대로 미안한 표정을 지으려 애썼다.

악마가 웃는 것도 우는 것도 아닌 기이한 표정으로 말했다.

"고객님, 진정하시죠. 제가 미안하면 웃는 버릇이 있거든요."

그는 또 피식 웃었다. 시현의 속에서 분노가 끓어오르기 시작했다. 전화기 너머의 진상은, 아니 눈앞의 이 남자는 어제 퇴근 시간까지 괴롭힌 것으로도 모자라 오늘 아침부터 전화를 걸어 자신을 괴롭혔다. 죄송하다는 말을 하되, 진심을 담아 300번 복창하라고 했다. 평생 콜센터에서 일하라고 비웃기까지 했다. 시현은 입을 열어 온갖 욕을 뱉어주고 싶었지만 가까스로 화를 억눌렀다. 시현은 동민과 형조를 향해 재촉하는 눈빛을 보냈다. 이 개자식 때문에 여기까지 왔단 말이야!

동민이 탁자를 내리치며 말했다.

"미안하면 사과를 제대로 해! 무릎 꿇고 사과하라고."

그의 눈동자가 수명이 다 된 전구의 불빛처럼 흔들렸다. 여직원이 발을 구르며 말했다.

"왜들 이러세요. 좀 진정하고 말씀들 나누세요."

그 순간 시현의 눈에 용희와 주리가 크게 들어왔다. 두 사람 다 금방이라도 울음을 터뜨릴 것 같은 표정이었다. 시현은 왠지 용희와 주리가 자신을 원망하는 것 같았다. 동민도 어쩐지 기세가 꺾인 듯했다. 동민이 생각해도 무릎까지 꿇을 상황은 아니었던 모양이다. 그래도 시현은 죄책감이 느껴지지 않았다. 저 사람이 일주일 동안 자신을 괴롭힌 것은 자신이 괴롭힘을 당해도 마땅한 상황이었기 때문이 아니었다. 시현은 억울하고 황당한 표정을 짓고 있

콜센터

는 눈앞의 남자가 혐오스러웠다. 그가 금방이라도 무릎을 꿇을 것처럼 땅에 시선을 떨어뜨린 순간, 여직원이 전화기 송화구를 막고 잠시 끼어들었다.

"팀장님, 문호 씨예요."

"그 인간은 또 왜?"

"알바비 빨리 달래요. 입금 안 됐다고요."

"한 시간 안에 부쳐준다고 해."

여직원이 안절부절못하자 그가 수화기를 빼앗아 소리 쳤다.

"야 이 새끼야, 갑자기 알바 그만둔 걸로도 모자라 돈 빨리 달라고? 일주일 안에 줄 테니까 입 다물고 있어. 일도 더럽게 못하는 게 나이는 많이 처먹어서 어른 대접 해줬더니 뭐라고?"

너무 무서운 기세로 몰아쳐서 모두가 넋이 나갈 정도였다. 그가 송화구를 막고 여직원에게 물었다.

"이 자식 언제 그만뒀더라?"

"일주일쯤 됐어요."

시현은 갑자기 구역질이 났다. 시현은 문을 열고 뛰쳐나갔다.

시현은 빠르게 뛰었다. 어디가 어딘지 알 수 없었다. 몸이 움직이는 대로 나아갈 뿐이었다. 몇 개의 상점들을 지나고 횡단보도를 건넜다. 시현은 뒤에서 자신을 부르는 친구들의 목소리를 들었지만 발을 멈출 수가 없었다.

얼마나 뛰었을까. 누군가 시현의 어깨를 잡아 세웠다.

"최시현, 너 왜 그래?"

동민이었다. 시현은 숨을 몰아쉬며 바닥에 쭈그려 앉았다. 그리고 한참 뒤 기어들어가는 소리로 말했다.

"김문호가 진상 이름이야. 잘못 짚었어."

동민의 입이 크게 벌어졌다. 형조가 한숨을 크게 내쉬었다. 이제 막 도착한 주리와 용희는 형조에게 이야기를 듣고 얼굴이 일그러졌다. 동민이 원숭이처럼 손뼉을 치며 말했다.

"그러니까 아까 그 남자 재수 없게 걸린 거란 말이지?"

용희도 웃으며 말했다.

"그 사람 완전 똥 밟았네?"

모두 긴장이 풀려 아무 데나 주저앉아 웃었다. 시현도 웃었다. 눈초리에 눈물이 새어나올 정도로 많이 웃었다.

시현은 자리에서 일어나 걸었다. 다 같이 빠르게 걸었다. 누가 먼저랄 것도 없이 앞으로, 앞으로 나아갔다. 바다 냄새가 나는 쪽으로.

시현의 눈앞에 에메랄드빛 바다가 펼쳐졌다. 해가 지기 시작해서 에메랄드빛이라고 하기에는 애매한 빛깔이었지

콜센터

만 그 말 말고는 어떤 말로 표현해야 좋을지 모를, 너무나 오랜만에 가까이에서 본 바다였다.

"바다다!"

용희가 소리치며 앞으로 달려갔다. 그 뒤로 주리와 형조가 손을 잡고 달려갔다. 시현은 동민과 나란히 천천히 걷다가 모래에 무릎을 대고 주저앉았다. 마치 무릎을 꿇듯이. 그리고 저 멀리 수평선을 보며 말했다.

"아까 그 사람 왜 그랬을까? 정말 무릎을 꿇으려고 했어."

동민도 무릎을 꿇고 시현 곁에 앉았다.

"그러게 말이야. 무릎 꿇어도 좋은 상대는 기껏해야 바다 정도인데."

시현은 동민을 향해 한 번 웃은 뒤 상쾌한 바다 내음을 가슴 깊이 들이마셨다.

하동민

그야말로 영화의 한 장면이었다. 대체 얼마 만에 보는 일몰인지. 동민은 주위가 천천히 황금빛으로 채워지는 광경을 입을 벌린 채로 응시했다. 주리와 형조의 등허리도, 용희의 둥근 팔꿈치도, 시현의 오뚝한 콧날과 헝클어진 머리칼도 황금빛으로 물들었다. 모래는 무슨 색이었더라? 모래의 원래 색이 무엇이었는지 알기 힘들 정도로 모래와 노을은 자연스럽게 섞여들었다. 그러고 보니 모래와 노을은 최고의 조합이라는 생각이 들었다. 모래와 노을의 공통점은? 둘 다 흘러내린다는 것. 부드럽게 손가락 사이로 흘러내린다는 것이었다. 게다가 시현과 함께라니. 동민은 모르긴 몰라도 지금 이 순간이 자기 인생에서 가장 멋진 순간

일 거라고 확신했다.

동민은 모래와 노을처럼 묘한 조화를 이룬 아이템을 찾고 싶었다. 전혀 어울리지 않을 것 같은 피자와 짬뽕을 함께 팔아 대박을 냈다는 어느 맛집 사장처럼. 짬뽕은 피자의 느끼한 맛을 앗아가 절묘한 조화를 이루었다. 동민은 지난 2년 동안 부지런히 시장조사를 하고 요식업 창업에 대한 책들을 게걸스럽게 읽어댔다. 하지만 아직도 어떤 음식을 팔지 결정하지 못했다. 상대적으로 창업 비용이 적게 들고 남녀노소가 좋아할 뿐만 아니라 트렌드에 민감하지 않은 아이템은 뭘까. 잠깐 반짝하고 선전할 아이템이 아니라 장기간 롱런할 아이템을 찾아야 했다.

인생이 끝없는 선택의 반복이라면 시현은 고마운 존재였다. 적어도 지금의 동민에게는 시현을 대체할 만한 여자는 없었다. 동민은 이리저리 분산되던 시선을 한 여자에게만 고정할 수 있었다. 동민은 시현이 오랜 시간 자신의 마음을 잡아둔 이유를 생각해봤다. 일관성 있는 태도와 냉정하지만 매력적인 성격? 동민은 올해가 가기 전에 시현과 같은 매력적인 아이템을 찾고야 말겠다고 결심했다.

동민이 시현에게 첫눈에 반한 건 사실이었지만 오로지 시현 때문에 이곳에 왔다고 말할 자신은 없었다. 동민 역시 피자의 '피' 자만 들어도 피가 거꾸로 서기 일보 직전이었다. 잠시라도 벗어나고 싶었다. 숨 막히는 전쟁터에서. 그 아이는 어떻게 되었을까. 결국 저쪽 세상으로 넘어갔을까. 바닷가 일몰은 그런 것들을 잠시 잊게 할 정도로 아름다웠다. 여자들이 입을 모아 말했다.

"예쁘다."

시현이 숨을 깊이 들이마시며 말했다.

"내가 세상에서 가장 좋아하는 거야. 바다."

동민이 시현에게 말했다.

"그래? 여기 있는 바다 너 다 가져!"

동민 앞으로 형조와 바짝 붙어 앉은 주리가 말했다.

"산타할아버지한테 소원이나 빌어야겠다. 나 바닷가에서 노을 본 거 얼마 만인지 모르겠어. 역시 오길 잘했어. 취준생이 겨울 바다, 그것도 부산 해운대 바다를 봤잖아. 지난주만 해도, 아니 어제까지 상상도 못한 일이야."

형조는 바보처럼 웃으며 고개를 끄덕였다. 동민의 오른쪽에 앉은 시현도 감정이 고조된 것 같았다. 한참 동안 바다를 바라보며 심호흡을 했다. 시현이 동민에게 말했다.

"전엔 고마웠어."

"뭐가?"

"경준 오빠 일."

"아, 그거."

콜센터

지난 여름이었던가. 동민은 센터에서 시현을 쫓아다니던 남자가 핸드폰 카메라로 몰래 시현의 치마 속을 찍었다는 소리를 듣자마자 센터로 달려와 그 자식에게 주먹을 한 방 먹이고 핸드폰을 빼앗았다. 핸드폰을 발로 마구 밟은 다음 옥상에서 그대로 던져버렸다. 시현은 고맙다는 소리는커녕 고소하려고 했는데 핸드폰을 박살 내면 어떡하냐고 차갑게 쏘아붙였다.

다시 침묵이 흘렀다. 시현은 누군가가 버린 담배꽁초를 모래로 덮었다가 다시 빼내는 동작을 몇 번이나 반복했다. 바람에 머리칼이 흩날리자 시현의 매끈한 이마가 도드라졌다. 동민은 어색함을 떨쳐내기 위해 화제를 돌렸다.

"아나운서 시험 준비는 잘 돼가?"

시현은 담담히 말했다.

"며칠 전에 선배가 그러더라. 난 아니라고. 가망이 없대. 그래도 하고 싶다면 백화점을 소개해주겠대."

"백화점?"

"백화점 방송실 아나운서. 그거라도 좋다면 가서 면접 보래."

백화점에도 아나운서가 있었나? 그러고 보니 백화점에서는 음악도 흘러나오고 이런저런 안내방송도 했던 것 같다. 이를테면 미아 찾기 방송 같은. 동민이 큰 소리로 말했다.

"그런 말 신경 쓰지 마. 그 여자가 뭔데 너한테 할 수 있다 없다 떠들어? 그 여자가 뭔데 너는 이 정도라고 한계를 긋느냐고."

시현은 고개를 숙여 이마를 무릎에 댄 채 미동도 하지 않았다. 동민이 살며시 시현의 어깨를 손가락으로 건드리며 말했다.

"최시현, 하나만 묻자. 너 정말 아나운서가 되고 싶긴 한 거지?"

시현은 이마를 무릎에 댄 채로 천천히 고개를 끄덕였다.

"그럼 그거라도 해보면 어때? 백화점 아나운서도 엄연히 아나운서잖아. 네가 자부심을 갖고 하면 되잖아."

시현이 얼굴을 들고 말했다.

"말이 아나운서지 안내원 아니겠어? 스튜어디스랑 버스 안내양이 같다고 할 수 있어? 엄연히 격차가 존재해."

"흠. 격차라……."

동민은 그저 시현의 말을 듣기로 했다. 격차 따위 무슨 상관이냐. 이렇게 말한다고 해서 시현에게 위로가 될 것 같진 않았다.

"더 무서운 건 현재에 순응해버리는 거야. 적당히 타협해버리는 거. 꼭 공중파 아나운서가 되어야 하나? 이것도 충분히 재밌는데. 어쨌든 이 백화점 안에서는 아나운서잖아, 라고 생각하면서 살게 되는 거. 그 행복을 유지하려면 평생 그 안에서만 살아야 할 거야.”

동민은 무슨 말을 해야 시현을 위로할 수 있을지 알 수 없었다.

여섯 살 때였던가. 동민은 백화점에서 엄마를 잃어버렸다. 엄마 손을 잡고 있었던 것 같은데 어느 순간 혼자였다. 동민은 백화점이 떠나가라 울음을 터뜨렸다. 진정을 하고 보니 동민 앞에 요정처럼 예쁜 누나가 앉아 있었다. 누나는 초코파이를 하나 까서 동민의 손에 쥐여주며 엄마가 곧 올 거라고 안심시켜줬다. 누나의 안내방송을 듣고 방송실로 찾아온 엄마가 동민의 등짝을 후려친 후 누나에게 고맙다고 말하며 그날 백화점에서 산 화장품을 건네자 그녀는 그것을 엄마에게 도로 돌려주며 말했다. 제가 할 일을 했을 뿐입니다.

동민은 시현을 쳐다보며 생각했다. 시현은 아나운서라는 직업에 자부심을 갖고 있는 걸까. 그렇다면 격차라는 말 따위 하지 않을 것이다. 고작 그런 것이라면 굳이 아나운서가 아니어도 된다. 자신의 가치를 높여줄 다른 직업을 찾으면 되니까. 꼭 직업이 아니어도 된다. 가치를 높여주는 건 직업 말고도 많다. 공중파 아나운서와 백화점 아나운서 사이에는 물론 격차가 존재할 것이다. 어쩌면 시현은 나와 같은 세계에 속한 사람이 아닐지도 모른다. 앞으로 시현과 내가 만날 일은 평생 없을지도 모른다. 시현이 백화점 아나운서에 머문다면 나에게도 기회가 주어질까. 그렇다면 나는 시현이 영원히 이쪽 세계에 머물길 바랄 것이다. 기적이 일어나 시현이 저쪽 세계로 넘어간다면 우리는 만날 일이 없어지는 건가. 브라운관을 통해서가 아니라면 말이다.

동민은 시현의 손을 살며시 잡았다. 아직 이쪽 세계에 있는 시현의 체온을 느끼고 싶었다. 모래가 되어 손가락 사이로 빠져나가기 전에. 다행히 시현이 매몰차게 동민의 손을 뿌리치진 않았다. 바람이 시현의 긴 머리칼을 헝클어뜨렸다. 어둑어둑해서인가. 그 순간 시현의 다리가 언뜻 물고기 꼬리로 보였다. 바닷바람을 맞으며 모래 위에 앉아 있는 시현은 모래로 만든 인어 같았다. 시현이 눈을 들어 저 멀리 수평선을 건너다봤다. 동민의 입에서 뜬금없는 말이 튀어나왔다.

"너도 알다시피, 나 너 좋아해. 우리 사귈래?"

시현은 1초도 기다리지 않고 단호히 말했다.

"싫어."

동민은 머리를 긁적이며 말했다.

"왜?"

시현이 동민의 손에서 자신의 손을 빼내며 말했다.

"왜냐고? 콜센터에서 만났으니까. 난 거기서 일하는 거 싫어. 블랙컨슈머들도 다른 곳에선 정상적으로 행동할걸? 우리는 그곳에 전화를 걸어대는 사람들의 배설 도구라고. 배설 도구 노릇을 하고 있는데 그곳에서 만난 사람과 진지하게 미래를 계획하고 싶겠어? 난 아니야."

동민은 할 말을 잃었다. 이제껏 시현이 이렇게 길게 말하는 것을 본 건 처음이었다. 막상 거절을 당하자 낙천적인 성격임에도 부끄러운 건 어쩔 수 없었다. 눈앞의 바다가 겨울 바다가 맞나 싶게 몸에서 열이 올라오며 땀이 났다. 동민이 점퍼를 벗으며 말했다.

"잠깐만 기다려. 수영하고 올게."

동민은 앞으로 달려나가 파도가 밀려오는 바다 앞에 섰다. 그리고 점퍼와 티셔츠를 벗어던졌다.

"하동민! 감기 걸려. 안 돼!"

용희의 목소리 같기도 했고 주리의 목소리 같기도 했다. 아무래도 시현의 목소리 같진 않았다. 동민은 바지를 입은 채로 바다로 뛰어들었다. 여기까지 와서 바다에 안 들어가 볼 수 있나, 라는 생각과 어서 몸의 열을 내리고 싶다는 두 가지 생각이 연달았다. 하지만 얼음처럼 차가운 물도 동민의 심장을 얼어붙게 할 순 없었다. 동민은 물속에서 자신이 생각보다 시현을 많이 좋아한다는 것을 확인했을 뿐이었다. 동민은 빠르게 물살을 가르며 3백여 미터 수영을 하다가 다시 물 밖으로 나왔다. 동민은 몸을 부르르 떨며 다시 친구들에게로 갔다. 형조는 쯧쯧 혀를 찼고 주리는 입을 벌린 채로 동민을 쳐다봤다. 토끼처럼 눈을 크게 뜬 용희가 말했다.

"안 추워? 너 정말 괜찮아? 얼어 죽는 거 아니지?"

용희는 가방에서 티슈를 꺼내 동민의 몸과 얼굴에 흐르는 물을 닦아주었다. 호들갑을 떨며 걱정해주는 용희와 다르게 시현은 미동조차 없었다. 동민은 원래의 자리에 다시 앉았다. 얼어 죽을 것 같았지만 태연한 척했다. 그래도 후회는 없었다. 왠지 모르게 통쾌했다. 꽉 막힌 변기가 뚫린 것처럼 시원했다. 동민은 손목을 감싼 흠뻑 젖은 붕대를 내려다봤다. 그나저나 그 아이는 어떻게 되었을까. 벌써 죽었을지도 모른다. 동민은 자꾸만 그 아이 생각이 났다.

왼쪽에 앉은 용희가 울음 섞인 목소리로 말했다.

"강명수, 잘 가."

동민은 양옆에 앉은 두 여자가 몸만 이곳에 있지 혼은 다른 곳에 가 있는 게 분명하다고 생각했다. 주리가 뒤를 돌아보며 용희에게 소원을 빌었느냐고 물었다. 용희는 시큰둥하게 답했다.

"내가 애냐? 난 그런 거 없어. 네 소원이 뭔지는 얼굴만 봐도 알겠다."

주리는 자리에서 일어나더니 바다 쪽으로 걸어갔다. 꽃을 좇는 나비처럼 형조가 그 뒤를 따랐다. 둘은 뭐가 그리 좋은지 밀려드는 파도 거품에 신발을 적시며 나란히 서서 소곤댔다. 동민이 용희에게 물었다.

"주리의 소원이 뭔데?"

용희는 형조와 주리의 뒷모습을 보며 말했다.

"형조랑 키스하게 해주세요. 뭐 그런 거겠지."

"뭐? 쟤네 둘이 혹시?"

용희는 네가 그럼 그렇지, 하는 얼굴로 동민을 보며 고개를 절레절레 저었다.

"쟤네 썸 탄 지 오래됐어. 아날로그잖아. 오래 걸려."

"그래?"

동민은 놀라면서도 노을을 배경으로 선 저들은 분명 연인처럼 보인다고 생각했다. 동민이 고개를 돌려 시현에게 물었다.

"넌 뭐라고 빌었어?"

시현이 시큰둥하게 답했다.

"소원을 빌면 뭐 해. 이뤄지지도 않을걸."

용희가 시현에게 말했다.

“그렇게 쉽게 포기하면 어떡해? 세상에 못 올라갈 나무 같은 건 없어. 티브이에 너보다 못생긴 아나운서가 널리고 널렸는데 조금만 기다리면 될……”

말이 끝나기도 전에 앉아 있던 용희가 모래 위로 벌러덩 자빠졌다. 시현도 같이 누웠다. 두 여자는 데굴데굴 굴렀다. 놀란 동민은 몸이 굳어버렸다. 시현이 용희 위에 올라타더니 용희의 배와 얼굴에 마구 펀치를 날렸다. 동민은 형조와 주리가 이쪽으로 달려오는 것을 보고서야 시현의 등 뒤에서 어깨를 잡아 끌어내렸다. 용희가 그 순간을 놓치지 않고 시현의 얼굴에 주먹을 날렸다.

“그만해!”

주리는 용희와 시현 사이로 몸을 날리다가 때마침 날아온 용희의 주먹에 눈두덩을 얻어맞았다. 형조와 동민이 주리의 눈을 쳐다보는 사이 시현과 용희는 한 번 더 엉겨 붙었다. 동민과 형조의 손에 의해 분리되었을 때는 둘 다 얼굴에서 피가 흐르고 있었다. 시현이 씩씩대며 말했다.

“미친년, 아까 네가 차 안에서 씨부리는 거 다 들었어. 뒤에서 다른 소리 할 거면 입 닥치고 있어.”

용희는 도끼눈을 뜨며 앙칼지게 소리쳤다.

“그래, 네까짓 게 아나운서라니 말이나 돼?”

주리가 시현의 손을 잡아끌어 용희로부터 멀리 떨어뜨

렸다. 동민은 혀를 내두르다가 용희에게 물었다.

"도대체 무슨 소리를 했길래?"

형조가 동민의 입을 손으로 틀어막았다. 동민은 형조의 손을 이로 깨물어 떼어낸 다음 형조의 귀에 대고 말했다.

"여자들이 더 무서워. 쟤네는 여자가 아니야."

용희는 아무렇지 않은 척 부츠를 벗어 손에 들고 모래 위를 걷다가 큰 소리로 울기 시작했다. 시현은 아무 일 없었다는 듯 스마트폰을 들여다보며 걸었다. 해질녘의 모래 사장이 눈물과 피로 범벅이 되어 저물고 있었다.

동민은 약국 앞에 차를 세웠다. 주리와 형조가 약국에 들어가 반창고와 연고, 붕대를 사 왔다. 동민은 스스로 젖은 붕대를 푼 다음 주리에게 새 붕대를 건네받아 손목에 감았다. 형조는 가관이었다. 주변에 사람이 없다면 주리의 시퍼런 눈두덩에 입을 대고 호호 불어줄 태세였다. 동민도 시현을 위로하고 싶었지만 시현은 여전히 스마트폰만 들여다봤다. 시현에게는 동민의 위로 따위 필요 없어 보였다.

동민은 일단 숙소를 잡은 다음에 식사를 하자고 했다. 동민은 벽에 붙은 '민박' 글자를 힐끔거렸지만 주리와 형조는 어플로 호텔을 검색했다.

"야, 이런 데선 민박도 해보고 해야지. 대학 엠티처럼."

동민의 말에 시현이 냉랭한 표정으로 답했다.

"여기 대학 엠티 가고 싶은 사람 아무도 없어. 어플에 싼 호텔 방 많아."

"그럼 방은 하나만이야. 돈 떨어졌어."

말은 그렇게 했지만 동민 역시 1년 8개월간 감정 노동에 시달린 여자들을 민박집에서 자게 하고 싶진 않았다. 동민은 안색이 어두운 시현을 보며 우리도 한 번쯤 호사를 누려도 되지 않을까 생각했다. 용희가 시현을 힐끔 보며 말했다.

"난 저년이랑은 같은 방에서 안 자."

형조가 호텔 예약 어플을 들여다보며 말했다.

"방이 하나라도 남아 있을까 모르겠네. 방을 두 개 한다고 해서 둘이 따로 잘 수 있는 건 아니야. 여자 방 남자 방으로 나눠야 하니까."

동민이 용희와 시현을 보며 말했다.

"하긴 그렇네. 주리랑 형조 합방시킨다고 해도 너희 둘은 같은 방에서 자야 해. 쟤네 방 하나 주고 우리 셋이 잘까? 아, 그건 안 되겠다. 나를 사이에 두고 너희가 또 싸울 거 아냐. 동민 오빠, 무서워. 내 옆에서 자."

동민은 시현에게 뒤통수를 세게 얻어맞고서야 입을 다

물었다. 바다가 조금씩 시야에서 멀어지는데 언젠가 사장
이 불 꺼진 매장에서 했던 말이 들려왔다.

"레스토랑에 들어가서 요리를 배웠는데 군기가 심한 곳
이었어. 셰프의 폭력을 웃으며 견뎠지. 그리고 나도 그렇
게 했어. 배운 대로. 사람을 개처럼 다루니 말을 잘 알아먹
더라고. 늘 누군가를 짓밟아가며 여기까지 왔어. 세상천지
에 나 혼자뿐이라 그렇게 하지 않았으면 이렇게 자리 잡을
수 없었을 거야. 성공하려면 너도 그렇게 해. 너를 아껴서
하는 말이야."

박형조

형조는 동민을 쳐다보며 혀를 끌끌 찼다. 주리가 형조의
팔을 잡으며 말했다.

"어머 어떡해? 혹시 죽으려는 건 아니겠지?"

"그냥 수영하려는 거야."

주리가 형조의 팔을 쥔 손에 힘을 주며 말했다.

"어서 가서 동민이 구해와."

고등학교 때부터 동민의 거침없는 행동에 익숙한 형조
에겐 놀랄 일도 아니었지만 주리는 겁을 집어먹은 것 같았
다. 형조는 헛웃음이 났다. 동민이 자살이라니. 동민은 우
주에 홀로 떨어져도 특유의 낙천성으로 살아남을 녀석이
었다. 잠시 후 동민이 다시 물 밖으로 걸어 나오자 주리는

안도의 한숨을 내쉬었다.

주리는 좀 더 가까이에서 바다를 보고 싶다고 했다. 형조는 자리에서 일어나 주리와 나란히 물가까지 걸어갔다. 주리가 눈앞의 바다를 쳐다보며 어린아이처럼 좋아했다. 형조는 그제야 이곳에 오길 잘했다고 생각했다. 콜센터에서는 주리의 얼굴이 대체로 무표정했는데 이곳에서는 시시각각 바뀌는 바다 빛깔처럼 표정이 다양했다.

주리는 발치의 조개껍데기를 주워 주머니에 넣은 뒤 담배를 빼물었다. 형조가 주변을 살피며 말했다.

"여기서 담배 피우면 안 돼."

주리가 입술을 내밀며 재촉하자 형조는 마지못해 담뱃불을 붙여주며 말했다.

"담배 좀 그만 피워. 건강에 안 좋아."

"네, 샘!"

형조는 계속해서 주변을 살폈다. 다행히 가까이에 사람이 없었다. 주리는 연기를 내뿜고 기다란 속눈썹이 달린 눈을 깜빡이며 물었다.

"진짜 궁금해서 묻는 건데 너는 어떻게 스트레스를 풀어? 담배도 안 피우고 연애도 안 하고. 정말 신기해."

"그야 운동도 하고 명상도 하고……."

주리는 갈매기가 빙의된 것처럼 크게 웃어댔다. 끼룩끼

룩. 때마침 울어대는 갈매기도 형조를 비웃는 것 같았다. 주리가 담배꽁초를 발밑에 던지며 말했다.

"그나저나 진짜로 잘리진 않겠지?"

형조는 물에 젖은 담배꽁초를 주워 주머니에 넣으며 말했다.

"이번엔 잘릴지도 몰라. 단체로 빠졌으니까."

주리는 체념한 듯 고개를 끄덕이며 저 멀리 수평선을 바라봤다. 형조가 주리에게 물었다.

"넌 여기 왜 따라온 거야? 친구에 대한 의리 때문에?"

주리는 고개를 저으며 말했다.

"아니. 시현이랑 그렇게 친하지도 않은데 뭐. 콜센터 그만두면 볼 일 있겠어?"

주리는 한숨을 길게 내쉰 뒤 말했다.

"그냥 좀 멈추고 싶었어. 건전지처럼 기 빨리는 순간을. 콜센터에서 일하는 동안 내내 그랬거든. 이게 대체 뭔가. 돈을 받는다는 것 말고 여기서 얻을 수 있는 게 뭔가. 그저 돈을 벌려고 시간을 버리고 있다. 낭비하고 있다. 그러니까 내 청춘을 이곳에서 낭비하고 있다……."

형조가 고개를 끄덕이며 말했다.

"무슨 말인지 알겠다."

주리는 형조를 빤히 쳐다보며 물었다.

“정말? 연애가 시간 낭비라고 생각하는 네가?”

주리의 눈가에는 비웃음이 어려 있었다. 형조는 주리의 시선을 피해 자신의 발치를 내려다봤다. 무슨 말을 해야 할지 알 수 없었다. 주리는 파도가 밀려와 자신의 갈색 슬립온을 적시는 것을 보며 말했다.

“누가 결혼하재? 그냥 싫어질 때까지 사귀자는 거야. 내가 너한테 매달릴까 봐 걱정돼? 난 내년에 호주에 갈 거야. 그리고 돌아와서 외국계 기업에 취직할 거야.”

형조는 목을 가다듬고 진지하게 말했다.

“취업하기 전에는 아무래도 곤란해. 네가 싫다는 게 아니라 지금은 연애에 감정 낭비할 시간이 없다는 거야. 나중에 시험에 합격하면 내가 프러포즈할게.”

주리는 뚫어져라 형조의 눈을 쏘아보다가 웃음을 터뜨렸다. 주리가 한참을 웃다가 말했다.

“너 지금 감정 낭비라고 했어? 진상한테 퍼줄 감정은 있고 여자에게 쏟을 감정은 없다는 거야? 푸하하하하…….”

주리는 또다시 크게 웃었다. 노을 덕분에 얼굴이 빨갛게 달아오른 걸 들키진 않았지만 형조의 기분은 참담했다. 주리의 말이 정확히 맞았으므로 대꾸할 말을 찾을 수 없었다. 1년이 넘도록 콜센터에서 하루 종일 블랙컨슈머를 상대하고 있는 고강도 감정노동자 주제에. 형조는 그저 고개를 주억거릴 뿐이었다. 주리가 말했다.

"싫으면 그냥 싫다고 해. 무슨 변명이 그렇게 많아."

주리는 팩했던 마음을 가라앉히려는 듯 몸을 틀어 친구들을 보다가 말했다.

"쟤네 왜 저래?"

시현과 용희가 모래사장 위에서 뒹굴고 있었다. 동민은 말리지도 않고 멍하니 여자들이 싸우는 걸 지켜보고 있었다. 주리는 어느새 앞서 뛰어갔고 형조도 주리를 따라 뛰었다.

주리는 시현과 용희 사이로 뛰어들었고 용희의 주먹에 눈두덩을 제대로 얻어맞았다. 주리가 아파하는 것을 본 형조는 자신이 맞은 것처럼 눈가가 저릿했다. 그사이에 또다시 뒤엉킨 시현과 용희를 형조와 동민이 한 명씩 잡아 떼어놓자 주리가 핸드폰 카메라에 얼굴을 비춰보며 말했다.

"나 여기저기 서류 많이 넣어놨는데 면접 보러 오라고 하면 어떡해?"

주리는 아이처럼 서럽게 울어댔다. 시현과 용희는 어안이 벙벙한 듯 멍하니 주리를 쳐다봤다. 모래사장 위를 걸으며 용희도 울었다. 형조는 맨 뒤에서 친구들을 따라 걸었다. 아무도 눈치채지 못했겠지만 형조의 눈에도 눈물이 조금 고였다.

콜센터

　형조는 결국 방을 하나만 예약했다. 동민이 주리와 형조를 따로 합방시키자고 하자 주리는 원망의 눈길로 형조를 쳐다봤다. 형조는 그 시선을 피했지만 머릿속에서는 주리와 한 침대에 누운 자신의 모습을 상상하고 있었다.

　형조는 우선 마트에 가서 수건과 내복을 사 와 동민에게 건네고 주리와 함께 약국에 들렀다. 형조는 약사에게 약을 주문하는 주리 옆에 서서 물끄러미 주리를 쳐다봤다. 주리의 눈은 충혈되어 빨갰다.

　주리는 신속한 손놀림으로 일을 처리했다. 자신의 눈가에 멍이 시퍼렇게 들었다는 것은 잊었는지 시현과 용희의 얼굴에 연고를 펴 발랐다. 시현과 용희 사이에 주리가 없었다면 이 여행은 애초에 불가능했을 것이다. 주리의 첫인상도 그랬다. 늘 주변 사람을 배려하는 따뜻한 성품을 숨기지 못했다. 먼저 좋아한 것은 형조였지만 형조는 그것을 섣불리 인정할 수 없었다. 형조는 아직 대학을 졸업하지도, 군대를 다녀오지도 않았다. 무엇보다 공부에 집중해야 할 시기였다. 내키는 대로 하자면 벌써 사귀자고 했을 것이다. 하지만 아무리 생각해도 자신에게 연애는 사치였다. 형조는 콜센터에 들어오기 전에 스스로에게 다짐했다. 시험에 붙기 전에는 절대로 연애 같은 건 하지 않겠다고. 물론 누군가를 좋아하게 될 거라는 생각도 하지 못했다. 시험공부 할 돈을 벌기 위해 들어온 콜센터에서 누군가가 좋아질 거라고는 상상도 하지 못했다. 형조에게 콜센터는 정류장이었다. 다른 곳에 닿기 위해 잠시 머무는 곳. 다른 곳이란 '더 좋은 곳'이었다. 더 좋은 곳에 가려면 정류장에서 머무적거려서는 안 되었다. 그러기에는 시간도, 돈도 모자랐다. 앞으로 석 달만 더 일하면 목표한 돈이 모인다. 그럼 형조는 열 달 동안 공무원 시험에 집중해서 반드시 합격할 생각이었다. 시험에 떨어지면 군대에 가야 했다. 형조는 이별이 예정된 연애 따위 하고 싶지 않았다.

형조는 주리를 훔쳐봤다. 주리는 다른 친구들에게는 상냥하게 이야기하면서도 형조와는 눈을 맞추지 않았다. 동민은 지나가는 사람에게 길을 물어 가장 인기가 좋다는 횟집 골목으로 친구들을 안내했다.

"창피해서 어디 못 들어가겠네. 깡패도 아니고 다들 얼굴이 얼룩덜룩 그게 뭐냐."

동민은 혀를 차면서도 재미있어 하는 눈치였다.

"음식점에 가면 우리가 여자들을 때린 줄 알 거 아니야. 여자들이 조폭인 줄은 모르고."

용희는 흉한 몰골이 신경 쓰이는지 너무 밝지 않은 곳으로 가자고 했다.

수라상이 이보다 더하랴. 싸움을 말리다 진이 빠졌는지

모두들 싱싱한 자연산 회를 보자 기쁨의 눈물이라도 흘릴 것처럼 환호했다. 모두 말없이 빠른 속도로 먹었다. 갓 잡은 생선이 뱃속에서 살아 꿈틀대는 것처럼 신선했다.

시현과 용희는 밥을 먹는 동안에도 분위기가 살벌했다. 서로 멀찍이 떨어져 앉아 눈도 맞추지 않았다. 형조는 가방에서 바셀린을 꺼내 손가락에 찍어 주리의 눈가에 갖다 댔다. 아까는 붉은 피멍이었는데 지금은 색깔이 좀 더 푸르스름해졌다. 바셀린을 바르자 주리가 작게 신음 소리를 냈다. 주리는 형조와 시선이 마주치자 눈길을 돌렸다. 시현과 용희는 누가 먼저랄 것도 없이 소주를 직접 자기 잔에 따르고 한 잔씩 들이켰다.

용희가 말했다.

"어? 술을 마시니까 덜 아픈 것 같네."

"그래?"

주리도 자기 잔에 따라 두 잔이나 단숨에 들이켠 뒤 말했다.

"어, 정말. 알고 보니 이게 약이야 약."

동민이 여자들 잔에 소주를 채우며 말했다.

"마나님들, 삭신이 쑤실 텐데 마음껏 드십쇼. 온몸이 멍투성이일 텐데."

동민은 안주를 먹어야 덜 취한다며 여자들 입에 회를 넣어줬다. 여자들은 회를 받아먹는 순간만큼은 아기 새처럼 고분고분했다. 주리가 아기 새처럼 입을 오므려 회를 씹으며 말했다.

"입 안에서 살살 녹아."

형조는 술이 약한 주리가 걱정돼서 천천히 마시라고 했지만 주리는 형조의 말을 못 들었는지 더 빨리 마셨다. 어느새 탁자에는 소주병이 열한 병이나 쌓였다. 주리는 상당히 취한 것 같았다. 평소보다 많이 웃고 눈빛이 요염해졌다. 주리가 간장 종지에 풀어놓은 겨자처럼 흐물흐물해진 눈으로 말했다.

"몸도 마음도 멍투성이야."

용희도 맞장구를 쳤다.

"맞아. 그놈의 콜센터에 다니는 동안 목소리로 너무 많이 맞았어. 피가 안 나고 멍이 안 드니까 아무도 내가 아픈 줄 몰라."

주리가 눈물 고인 눈으로 말했다.

"그놈들은 혓바닥에 압정도 달려 있고 야구방망이도 달려 있어. 나한텐 마우스피스도 안 주고 링 위에 올라가라고 해."

형조는 주리가 엄살떠는 것은 처음 봤으므로 말없이 술을 한 잔 들이켰다. 물기가 가득 고인 눈으로 웃으며 말하는 주리가 안쓰러웠다. 동민은 방백을 하듯이 중얼거렸는데 상담사가 아무리 힘들어도 배달원의 노고를 알 수는 없다는 내용이었다. 시현은 말짱했다. 일개 일반상담사들이 전문상담사 앞에서 주름을 잡으니 기가 막힌 모양이었다. 형조도 같은 생각이었다. 하루 종일 똥통에 빠져 있는 기분을 친구들에게 어떻게 설명해야 할까. 형조는 경직된 표정으로 눈앞의 소주잔을 바라봤다. 얼굴이 불콰해진 동민이 자신의 술잔에 술을 따르며 말했다.

"분위기가 왜 이래? 우리는 오늘 대단한 일을 한 거야. 진상을 찾아가서 복수하는 건 콜센터 상담사들의 로망이라고. 대부분 생각만 하지 실천하는 사람은 없을걸? 우리가 최초일 거야. 이런 걸 선구자, 아니 혁명가라고 하나?"

용희가 동민의 손에서 소주병을 낚아채 자신의 잔에 따르며 말했다.

"혁명가 같은 소리 하고 있네. 결국 못 만났잖아."

"넌 그게 문제야. 결과보다 중요한 게 있게 마련이거든."

용희가 혀를 내밀며 말했다.

"루저들이 주로 하는 소리지."

주리가 눈을 부릅뜨며 말했다.

"루저? 왜 우리가 루저라는 거야? 너는 어땠는지 모르지만 나는 여기까지 오는 걸 결정하는 데 큰 용기가 필요했어. 그러니까 그런 식으로 함부로 말하지 마."

용희가 주리의 눈치를 보며 말했다.

"내가 언제 너한테 루저라고 했어? 동민이 말이야."

"동민이가 왜 루저야? 동민이가 얼마나 멋진 앤데. 새벽부터 일어나서 시장조사 하고 전국 맛집 순회하고 사업 아이템 연구하고……."

동민이 웃으며 용희에게 말했다.

"그래, 나 루저다. 그런데 최소한 비겁한 루저는 안 하려고. 너 내가 서울 가서 뭘 할지 알면 나한테 루저라고는 안 할 거다."

용희가 자기 잔에 술을 따르며 물었다.

"뭘 할 건데?"

"있어. 그런 게."

동민은 손으로 입을 잠그는 시늉을 하더니 다시 입을 벌려 술잔의 술을 입 안으로 털어넣었다. 용희도 소맥을 한 잔 말아 들이켠 뒤 말했다.

"강주리, 솔직히 루저가 아니면 뭔데? 너도 나도 루저 맞아. 넌 거기 취미로 다녀? 거기서 벗어날 수 없으니까 다니는 거잖아. 아무리 푸대접을 당해도 또다시 센터로 기어들어갈 거잖아."

"그래! 기어들어가야지 별수 있어? 솔직히 난 KTX 안에서부터 후회하고 있었어. 이번 달 일한 거 다 받지 못할지도 모르고, 여기보다 나은 알바가 없을지도 모르고…… 하지만 해고당할 각오하고 생각만 하던 걸 실천했으니까 오늘 하루는 그런 소리 듣고 싶지 않아. 나로선 지렁이도 밟으면 꿈틀한다는 걸 보여준 거라고.”

지렁이란 말에 용희가 웃음을 터뜨렸다. 형조는 주리의 잔에 술을 따르며 생각했다. 이런 게 다 무슨 소용일까. 콜센터 특수에 다섯 명이 무단이탈했으니 콜센터도 조금은 손해를 봤을 거다. 부장님을 만나서 화풀이를 제대로 했다면 속이 시원했을까. 하지만 그렇게 했더라도 오히려 우리가 손해를 보는 것일 수도 있다. 우리는 모두 이 일자리가 아쉬운 사람들이고 센터에서 잘리면 다시 힘든 구직 절차를 거쳐야 한다. 지렁이가 꿈틀해봤자 변하는 건 없다. 이 여행은 결국 우리가 아무리 발버둥쳐봐야 변하는 게 없다는 것을 재확인한 잔인한 여행이 되어버린 건가. 하지만 부산행에 동참한 것을 후회하진 않는다. 내 안에 뭉쳐 있던 무언가가 조금은 풀린 기분이 들기 때문이다. 조금, 아주 조금이지만.

눈이 풀린 용희가 중얼거렸다.

“우리가 이런다고 아무것도 변하지 않아. 우리 같은 애들이 수백 명 그만둬도 센터는 눈 하나 깜짝 안 할 거야.

거기서 일할 사람은 여전히 줄지어 서 있으니까. 그래도 기분은 좋네. 문영 실장 본사에서 내려온 사람들에게 한 소리 들었을걸? 부장 새끼, 운도 좋지. 그만두지 않았으면 이 서너 개는 부러졌을 거야."

줄곧 침묵하던 시현이 툭 던지듯이 한마디를 내뱉었다.

"루저라도 좋아. 하고 싶은 게 있는 동안은, 그것을 향해 달려갈 때는 내가 루저라는 사실도 잊어버리니까. 문제는 그 이후야. 더 이상 할 수 없을 때. 이제 더 이상은 안 된다 고, 포기하자고 결심해버릴 때."

동민은 식당에 들어오기 전에 오늘은 무슨 일이 있어도 시현이 취해서 비틀거리는 꼴을 보겠다고 했으면서 자기가 먼저 취해버렸다. 동민이 어눌한 말투로 시현에게 물었다.

"어떻게 넌 취하지도 않냐? 나중에 술 먹는 프로그램 진 행해도 되겠다."

하지만 새하얗던 얼굴이 붉어진 것을 보면 시현도 조금 씩 술기운이 오르는 모양이었다. 시현은 가끔씩 동민의 술 주정에 답해주었다. 술이 오랜 시간 막아두었던 억눌린 감 정들을 술렁이게 했다. 형조의 몸 안에서도 무언가가 요동 치고 있었다. 형조는 심호흡을 했다. 감정 조절에는 누구 보다도 자신이 있었다. 형조는 마음껏 취하고 싶었지만 술 잔을 엎었다. 자신마저 취하면 운전할 사람이 없었다.

여자들은 매운탕까지 싹싹 긁어먹은 뒤 자리에서 일어났다. 형조가 동민과 함께 계산을 하려는데 이미 시현이 계산을 마친 상태였다. 카운터 옆에 서 있던 시현이 말했다.

"내가 했어. 너희들 나 때문에 여기까지 온 거잖아."

용희는 비틀비틀 걷다가 가게 기둥을 한 손으로 잡은 채로 만 원짜리 두 장을 동민에게 건네며 말했다.

"하동민, 이거 쟤한테 전해줘. 내 밥값은 내가 계산할래."

시현은 못 들은 척 밖으로 나갔고 동민은 용희에게 받은 돈을 자신의 바지 주머니에 슬쩍 집어넣었다.

아직 10시도 되지 않았지만 형조와 동민은 차에 여자들을 태우고 호텔로 향했다. 다행히 모두 차 안에서 조금씩 술이 깼다. 이렇게 잠들어버리기엔 힘들게 얻은 시간이었다. 진상을 혼내주겠다는 야심 찬 계획이 허망하게 끝나버려서인가. 여자들은 여전히 콜센터에서 전화를 받고 있는 것처럼 피곤해 보였다.

결국 술을 사서 호텔에 들어가기로 했다. 그리고 내일은 아침 일찍 일어나 부산 명소를 돌아보기로 했다. 형조는 동민과 함께 끝까지 머슴 정신을 발휘해 술과 안주를 사서 여자들을 모시고 올라갔다.

주리는 호텔 방에 들어가자마자 바닥에 주저앉았다. 용희와 시현은 그래도 잠은 같이 자려는지 침대에 나란히 드

러누웠다. 동민은 형조가 준 내복으로 갈아입고 왼쪽 손목
에 난 상처에 다시 약을 바른 다음 바닥에 누워 숨을 골랐
다. 형조도 동민 옆에 주저앉았다.

주리가 자리에서 일어나 커튼을 걷으며 말했다.

"오션뷰인데 바다 구경 실컷 해야지."

주리는 무릎을 모으고 창문 앞에 앉아 시커먼 바다를 내
려다보며 말했다.

"눈앞에 있는데 왜 실감이 안 날까. 아까처럼 냄새도 맡
을 수 없고 손으로 만져볼 수 없으니까 진짜 같지가 않아.
감정 노동을 오래 해서 감정이 무뎌졌나봐."

형조도 주리의 눈동자에 비친 바다를 내려다봤다. 형조
가 여자들에게 물었다.

"집에는 뭐라고들 했어?"

주리가 말했다.

"용희랑 자정까지 콜 받고 찜질방에서 잔다고 했어."

용희도 웃으며 말했다.

"나도 너 팔았는데."

시현은 친구 생일 파티, 동민은 장례식. 솔직하게 말한 사
람은 없었다. 하긴 '진상 찾아 삼만 리'를 한다고 어떻게 말
하겠는가. 형조는 부산역에 내렸을 때 어머니에게 가장 진
실에 가까운 변명을 했다. 누군가를 찾아 부산에 간다고.

“누구? 친구 만나러 가니?”

“친구는 아니고요.”

“그럼 누구 찾으러 가?”

“그냥 아는 사람.”

“알고 지낸 지 오래된 사람이야?”

“아니요. 일주일밖에 안 됐어요.”

“뭐 하는 사람인데?”

“대기업 부장이래요. 아니, 핸드폰 대리점 직원인데…….”

“무슨 말이야? 대기업 다니다가 명퇴하고 핸드폰 대리점에서 일하는 거야?”

형조는 대충 얼버무린 뒤 전화를 끊었다. 짜증이 났다. 어린 시절부터 아들의 시시콜콜한 일상까지 궁금해하던 어머니의 질문이 오늘따라 유난히 거슬렸다. 하지만 어머니 말이 맞을지도 모른다는 생각이 들었다. 일주일 동안 대기업 부장이라고 주장한 사람이 피자를 주문한 곳은 핸드폰 대리점이었다. 하지만 그는 부장은커녕 아르바이트생이었다. 형조 역시 대다수 진상고객들이 허풍쟁이라는 이유로 부장님을 거짓말쟁이로 단정 짓고 있었지만 어머니 말처럼 나름의 사정이 있을지도 모를 일이었다.

동민이 용희와 시현을 보며 말했다.

“여기까지 와서 자빠져 자는 것 봐라. 무슨 여자들이 저렇게까지 분위기가 없냐."

"누가 잔다고 그래?"

용희는 살짝 눈을 떴다가 다시 감았다. 그러고는 금세 코를 골기 시작했다. 사실 형조도 술이 잘 들어가지 않았다. 마음 같아서는 밤새도록 술을 마시고 싶었지만 22일, 23일 풀타임으로 일을 해서 체력이 많이 떨어진 상태였다. 내키는 대로 마시다간 완전히 뻗어버릴 게 뻔했다.

시현은 좀 더 마시려는지 자리에서 일어나 침대 밑으로 내려와 앉았다. 주리는 용희의 배 위로 이불을 덮어준 다음 시현 옆에 앉았다. 시현이 맥주를 한 잔 들이켠 뒤 말했다.

"나 콜센터 그만둘까봐."

주리가 물었다.

"아예 그만두겠다는 거야?"

시현이 고개를 끄덕였다. 형조가 조심스럽게 말했다.

"일반상담사 일을 다시 해보는 건 어때? 내가 실장님한테 말해줄게. 나도 전에 슬럼프가 왔었거든. 일반상담사를 일주일 하니까 다시 전문팀으로 오고 싶더라고."

시현은 말없이 웃었다. 그리고 자리에서 일어나더니 핸드백 안에서 유성 펜을 꺼내 용희에게 다가갔다. 시현은 용희의 얼굴에 낙서를 하기 시작했다. 감긴 눈두덩 위에 눈동자를 그리고 눈두덩 라인을 따라 속눈썹을 그려넣었다. 눈을 동그랗게 뜬 용희가 코를 골자 동민과 시현이 배꼽을 잡고 웃어댔다. 시현은 그러다가 울기 시작했다. 여자애들이 한 명씩 돌아가면서 울기로 작정한 건가. 시현이 너무 큰 소리로 울어서 형조는 무슨 말을 해야 할지 알 수가 없었다.

"진상 찾아 여기까지 왔는데 만나지도 못하다니……."

시현은 정말로 서러운 것 같았다. 동민은 시현의 등을 두드리며 진정하라고 하더니 웨이터 경력을 자랑이라도 하듯 현란한 손동작으로 폭탄주를 말아 모두에게 권했다. 형조는 동민이 건네준 술잔을 들어 벌컥벌컥 마셨다. 빙글빙글 세상이 기분 좋게 돌아갔다. 사랑스러운 주리가 보였다. 주리가 자신을 쳐다보고 있었다. 안쓰러워하는 것처럼. 아니, 다시 보니 비웃는 것 같았다. 주리가 입꼬리를 올려 소리 내지 않고 웃다가 깔깔대기 시작했다. 이제는 아예 형조에게 손가락질을 하며 경박하게 웃어댔다. 펑. 형조는 어느 순간 자신의 몸속에서 폭죽이 터졌다고 생각했다.

강주리

친구들이 여기저기 쓰러져 잠든 크리스마스 새벽, 주리는 잠에서 깨어났다. 침대 위에서는 남자들이 자고 있었고 주리는 용희와 시현을 사이에 두고 바닥에 누워 있었다. 주리는 잠이 오지 않아 창가로 다가가 바다를 내려다보며 어제 용희가 차 안에서 했던 말을 곱씹었다.

"이해가 안 가. 저 정도 외모면 눈만 낮추면 어디든 갈 텐데."

어디든? 원하는 일을 하고 싶어서 콜센터에서의 시간을 견딘 것 아니었나?

"허망한 꿈을 좇는 것도 병이야 병. 우리가 장래 희망에 대통령 적는 초딩이냐? 하고 싶은 것과 할 수 있는 것은 구분해야지."

　주리는 용희가 시현에게 한 말인 줄 뻔히 알면서도 자신에게 하는 말 같아 기분이 나빴다. 차 안에 더 있다가는 용희에게 화를 낼 것 같아 차에서 내렸는데 바닷바람이 메슥거렸다. 졸업을 하고 취업 준비하는 시간이 길어지면서 주리는 자기 안의 무언가가 망가졌다고 생각했다. 자존감도 낮아지고 감정이 건조해졌다고 할까. 확실히 대학에 다닐 때보다는 눈물도 웃음도 줄어들었다. 누군가가 무심코 던진 말에 쉽게 상처 입기도 했다. 주리는 종종 자문했다. 내가 하고 싶은 일은 과연 내가 할 수 있는 일일까? 알 수 없었다. 지금 하고 있는 콜센터 일마저 언제까지 할 수 있을지 알 수 없었다. 한 치 앞도 내다볼 수 없었다. 내일 서울로 올라갈 수 있을지, 형조와 어떻게 될지 미리 알 수 있는 건 아무것도 없었다.

　주리는 용희가 오래도록 시현을 미워했다는 걸 알고 있었다. 처음부터 미워한 건 아니었을 거다. 용희는 시현을 보면서 박탈감을 느끼는 것 같았다. 용희는 주리와 자신이 이곳에서 번 돈으로 생계를 꾸린다면 시현은 해외여행을 가거나 피부관리실 티켓을 끊을 거라고 했다. 용희의 말은 반만 맞았다. 사실 시현의 사정도 용희와 주리보다 그리 나을 것이 없었다. 이틀 전 용희가 명수를 만나러 간다고 한 날 주리는 퇴근 후 시현과 어울렸다. 주리는 시현과 회사 근처 맥도날드에서 커피 한 잔을 앞에 두고 나눠 마시며 지진이 나서 내일 출근하지 않았으면 좋겠다는 둥 넋두리를 늘어놓았다. 그날 주리는 우연히 시현이 카드빚에 시달리고 있다는 사실을 알게 되었다. 카드사의 독촉 전화를 받는 시현의 얼굴은 콜센터에서와는 다르게 시시각각 변했다. 시현은 주리에게 부모님 몰래 대출을 받았다고 털어놓았다. 아나운서 아카데미 수강료 외에도 돈 들어갈 일이 한두 가지가 아니라고 했다. 프로필 사진을 찍어야 하고 정기적으로 피부관리실에서 관리도 받아야 한다고 했다. 면접날은 미용실에서 메이크업도 받아야 하고 대여 숍에서 옷도 대여해야 한다고 했다.

맥줏집으로 옮기자 시현은 더 많은 것을 털어놨다. 사실 주리는 듣고 싶지 않은 이야기였다. 시현은 자기네 집은 대학교 2학년 때까지는 그럭저럭 넉넉하게 살았지만 부모님이 무리해서 고가의 아파트를 사는 바람에 하우스푸어로 전락했다고 말했다. 집값이 갑자기 떨어지고 아버지 사업도 힘들어져서 어머니도 대출금을 갚기 위해 아르바이트를 하고 있다고도 했다. 콜센터에 들어올 때만 해도 집안 사정이 이 정도로 심각한 줄 몰랐는데 아버지가 시현을 앉혀놓고 이제는 현실적인 꿈을 꾸라고 충고했다고 한다.

시현은 겉만 번지르르한 깡통 아파트를 올려다볼 때면 미칠 것 같다고 했다. 시현은 아나운서 같은 거 이미 그림의 떡이라고, 자신은 하늘로 올라가는 풍선의 실을 억지로 붙잡고 있는 거라고 했다.

주리는 잠든 시현을 보며 시현을 미워한 건 용희뿐이 아닐지도 모른다고 생각했다. 어쩌면 자신도 시현이 아나운서 시험에 합격하지 않기를 바랐는지도 모른다. 주리는 자신과 용희를 열패감이 가득한 콜센터에 남겨두고 시현 혼자 콜센터를 빠져나가는 게 싫었다.

시현이 뭐라고 중얼대며 이불을 걷어찼다. 주리는 시현의 목까지 이불을 덮어준 다음 호텔 밖으로 나왔다. 눈앞에 있어도 실감하기 힘든 바닷바람을 쐬고 싶었다. 조금만 걸으면 바다가 나온다. 주리는 우울감을 떨쳐내기 위해 일부러 팔을 크게 흔들며 걸었다. 그런데 누군가 뒤따라오는 것 같았다. 주리는 엉덩이를 실룩이며 빠르게 걸었다. 뒤따라오는 발걸음도 속도가 빨라졌다. 주리는 뛰기 시작했다. 누군가도 따라서 뛰는 것 같았다.

"주리야."

형조의 목소리였다.

"뭐야, 놀랐잖아."

주리는 가슴에 손을 댄 채로 뒤를 돌아보며 안도의 한숨을 내쉬었다. 형조가 부드러운 목소리로 물었다.

"이 밤에 어디 가는 거야?"

"그냥 바다 보려구. 잠이 안 와서."

"여자 혼자서는 위험해. 걱정돼서 따라왔어."

잠시 어색한 침묵이 흘렀다. 형조가 말했다.

"그럼 바다까지 갈 것 없이 호텔 옥상으로 가자. 거기서도 바다 보이고 야경이 끝내준대."

주리는 잠시 망설이다가 고개를 끄덕였다. 엘리베이터 안에서 두 사람은 뻘쭘하게 각기 다른 모퉁이에 서 있었다. 주리는 누군가가 중간에 올라탔으면 좋겠다 싶으면서도 정말로 누군가가 올라탈까봐 가슴을 졸였다.

엘리베이터가 10층에서 멈춰 섰고, 외국인 커플이 올라탔다. 흑인 남자와 백인 여자였다. 그들은 주리와 형조가 보이지도 않는지 몸을 밀착시키고 서로의 눈을 들여다봤다. 주리의 눈에 그들은 자신들보다 어려 보였다. 저들의 눈에는 서로밖에 보이지 않겠지? 주리는 질투심을 들키지 않으려 애쓰며 그들을 빤히 쳐다봤다. 어머니는 주리에게 아직은 연애할 때가 아니니 취업을 하고 나서 하라고 했다. 연애할 때가 아니라니. 주리는 스물다섯 살이었다. 한 살 어린 주리의 여동생은 2년째 열애 중이었는데 어머니는 여동생에게는 아무 말도 하지 않았다. 어려서부터 뛰어

콜센터

났던 여동생은 명문대에 진학해 졸업과 동시에 공기업에 입사했다. 여동생이 만나는 남자네 집은 주리네 집과는 비교도 안 될 정도로 빵빵한 집안이었다. 연애할 자격도 직업과 돈으로 결정되는 걸까. 주리는 콜센터에서 일하게 된 뒤로 어머니와는 가급적 길게 대화하지 않으려 애썼다.

"이제 속은 좀 괜찮은 거야?"

형조는 고개를 끄덕였다. 엘리베이터 문이 열리자 외국인 커플이 먼저 내렸다. 형조는 먼저 내리라는 뜻으로 주리를 향해 손을 앞으로 내밀었다.

옥상에는 서너 개의 테이블이 놓여 있었다. 스텐 원형 재떨이에 담긴 담배꽁초에 불이 붙어 있는 것을 보면 방금 전까지 누군가 머물렀던 모양이었다. 한쪽 구석에는 전구가 깜빡이는 아담한 크리스마스트리가 놓여 있었다. 형조와 주리는 난간에 기대어 섰다. 외국인 커플은 건너편 난간에 기대어 키스를 하고 있었다. 형조는 못 볼 것이라도 봤다는 듯이 그들을 등졌다. 주리는 바다가 있는 쪽을 바라보며 숨을 깊이 들이마셨다. 형조는 여기저기 두리번거리다가 다시 입을 다물었다. 형조는 때때로 고장 난 내비게이션 같았다. 형조가 한참 동안 뜸을 들이다가 말했다.

"그러고 보니 자정이 지났네. 메리 크리스마스."

"또다시 크리스마스네. 며칠만 지나면 스물여섯이야. 생각만 해도 끔찍하다."

형조는 조금 웃었다. 주리가 먼 곳에 시선을 두며 말했다.

"고등학생 때는 스물다섯 살이 되고 싶었어. 스물다섯 살이면 뭔가 폼이 날 거라고 생각했거든. 매일 아침 정장을 입고 높은 건물로 출근하고 회의 시간을 주름잡는 커리어우먼이 될 거라고. 그런데 현실은 초라해."

어쩌면 평생 비정규직에서 못 벗어날지도 몰라. 주리는 마지막 말은 속으로 삼켰다. 주리는 겁이 났다. 하지만 겁이 난다고 말하고 싶진 않았다. 금수저가 아닌 부모를 탓하고 싶지도 않았다. 그래서 주리는 더욱 노력하고 싶었다. 꿈을 이루지 못한 이유가 노력 부족이라면 먼 훗날 스스로를 용서하지 못할 테니까.

형조가 주리 옆으로 바짝 다가서며 말했다.

"나도 마찬가지야. 이러고 있을 줄은 몰랐어. 콜센터 상담사를 폄하하는 게 아니라 이렇게 불확실한 상황일 줄은 몰랐다고. 그래도 후회하진 않아. 이곳에서 좋은 친구들을 만났으니까. 그리고……."

형조는 말을 얼버무렸다. 바닷바람이 불어왔다. 누가 먼저랄 것도 없이 자연스럽게 입술이 닿았다. 주리는 건전지에 혀가 닿은 줄 알았다. 다 쓴 것인지 알아보기 위해 건

콜센터

전지에 혀를 갖다 댔을 때처럼 혓바닥을 통해 전류가 흘러들더니 온몸을 훑었다. 혀끝에 느껴지는 저릿함은 소름 끼치면서도 달콤했다. 형조는 다 쓴 건전지처럼 에너지가 고갈된 걸까. 주리는 형조가 안쓰러웠다. 콜센터에서의 오랜 감정 노동으로 방전되기 직전의 건전지가 되어버린 형조가.

입술을 뗀 형조가 더듬거리며 말했다.

"미, 미안. 나도 모르게 그만."

주리는 뒤로 한 발짝 물러나며 말했다.

"그러니까 실수라는 뜻이야?"

"아, 아니. 그러니까…… 실수라기보다는……."

주리는 웃을 듯 말 듯 애매한 표정을 지었다가 형조의 눈을 보며 물었다.

"너 정말 기억 안 나?"

"뭐가?"

"어제……."

"어제 뭐?"

주리는 기가 막혀 피식 웃었다. 기억하고 싶지 않은 모양인데 굳이 기억나게 할 필요는 없었다. 그래도 역시 형조가, 아니 형조의 기억력이 괘씸했다.

"다른 애들한테 물어봐. 동민이한테 물어보면 되잖아."

주리는 빽 소리를 지르고 싶었지만 호흡을 가다듬었다. 하지만 주리의 입에서는 의지와는 다르게 웃음이 새어나 왔다.

우용희

용희를 달콤한 잠에서 끌고 나온 건 동민이었다.

"모두 일어나봐. 조금 있으면 해 뜬단 말이야. 오션 뷰 객실에서 해 뜨는 것도 안 보고 갈 거야?"

모두 동민에게 짜증을 내면서도 창문 앞으로 모여들었다. 용희도 베개를 품에 안고 발코니 앞으로 기어갔다. 닫아놓은 창문을 뚫고 아침 햇살이 커튼에 몸을 밀착시키고 있었다. 동민이 커튼을 걷자 기다렸다는 듯이 햇살이 호텔 방 안으로 몸을 굴려 뛰어들어왔다. 용희는 눈을 반쯤 뜨고 무릎을 모아 세운 다음 마음속으로 어제 빌지 못한 소원을 빌었다. 다음해에는 무슨 일이 있어도 콜센터에서 벗어나게 해주세요. 그 말이 끝나기가 무섭게 주변이 석류빛으로 서서히 물들어갔다. 처음 마음을 고백하던 명수의 얼굴빛처럼. 용희는 아침부터 목이 메었다. 용희의 눈에서 눈물이 흘러내렸다. 명수 오빠와 함께 본다면 얼마나 좋을까, 이런 생각을 하는 자신에 대한 연민의 눈물이었다.

시현이 쓰러져 잠든 것을 시작으로 모두 다시 이불 속으로 들어가 12시가 넘어서야 깨어났다. 용희는 세수를 하러 화장실에 들어갔다가 비명을 질렀다. 용희는 그대로 밖으로 뛰쳐나와 동민에게 몸을 날렸다. 동민 위에 올라타서 베개로 얼굴을 찍어 누르는데 동민이 손가락으로 왼쪽을 가리켰다. 손가락이 가리키는 곳에는 거울을 보며 립스틱을 바르는 시현이 있었다. 저년인가? 용희는 시현의 몸에 올라탄 다음, 시현의 립스틱을 낚아채 루돌프 코를 만들어줬다. 용희와 시현은 호텔 바닥에 뻗어 배꼽이 빠질 때까지 웃어젖혔다.

용희는 클렌징크림으로도 완전히 지워지지 않는 눈가의 유성 펜을 보며 화를 내다가 포기해버렸다. 화장을 진하게 하면 되겠다는 생각에 거울을 들여다보며 파운데이션을 펴 바르는데 형조가 옆으로 다가와 말했다.

"용희야, 잠깐 발코니에서 얘기 좀 해."

용희가 발코니로 나가자 형조는 주리의 눈치를 보며 미닫이문을 닫았다.

"무슨 얘긴데?"

"어제 혹시 무슨 일 있었어?"

"기억 안 나?"

"뭐가?"

"정말 기억 안 나나보네."

형조의 얼굴이 어두워졌다. 용희가 웃으며 말했다.

"어제 자는 사람 깨워서 네가 말했잖아."

형조는 눈을 부릅뜨고 귀를 기울였다.

"잘 자고 있는 나까지 깨워서 말했잖아. 우리 모두가 알아야 한다고. 난 뭐 대단한 얘기라도 하는 줄 알았지."

용희는 어떻게 하면 충격을 덜 줄까 고민하다가 나름대로 어휘를 골라가며 말해줬다.

"그러니까 어제 네가 좀 취했었나봐."

"그건 나도 알고 있어. 그런데……."

"네가 주리를 좋아하는 건 사실 나도 알고 있었어."

형조의 얼굴이 굳어졌다.

"알고…… 있었어?"

"응. 더구나 어제 네가 그렇게 말했잖아."

"내가? 너한테?"

용희가 형조의 얼굴을 빤히 들여다보며 물었다.

"정말 기억 안 나? 기억 안 나는 척하는 거지?"

형조의 얼굴은 진상고객을 상대할 때처럼 심각했다.

"나한테가 아니라 우리 모두에게 말했어."

형조는 더 이상 말하지 말란 뜻으로 자신의 얼굴 위로 손을 들어올렸다. 용희는 얼굴이 붉어진 형조의 등을 한 대 두드려준 다음 방으로 들어가 모두를 재촉했다.

"30분 후 퇴실이야. 부산까지 왔는데 여기저기 둘러봐야지."

용희는 여자들의 의견을 취합했다. 부산을 전부 돌아볼 순 없으니 기억에 남을 만한 곳 한 곳만 둘러보고 가기로 했다. 세 여자는 태블릿피시를 꺼내 인터넷 검색을 했다. 때마침 남포동에서 크리스마스 축제가 열리고 있었고, 만장일치로 그곳에 가기로 합의했다. 용희는 그 어느 해보다 기억에 남는 크리스마스를 보내고 싶었다. 동민은 독재자들이라고 투덜댔지만 딱히 반대하는 것 같진 않았다.

여전히 의기소침해 보이는 형조가 운전대를 잡았다. 용희가 보기에 주리는 은근히 형조의 반응을 즐기는 것 같았다. 어제까지 형조의 관심을 얻기 위해 안달하던 주리는 모두가 보는 앞에서 사랑을 고백받았다. 용희는 주리가 부러웠다. 그리고 보니 주리가 형조를 좋아하기 시작한 것은 생각보다 오래된 일이었다. 정확히 기억나진 않지만 1년은 더 된 것 같았다. 아니, 주리라면 처음 콜센터에 왔을 때부터 형조를 좋아했을지도 모를 일이었다. 주리는 그런 애였다. 절대로 속내를 알 수 없는 애. 바나나처럼 껍질을 까듯이 속을 쉽게 보여주는 자신과 다르게 주리는 늘 그런 식이었다. 명수와의 이야기를 전부 털어놓던 용희에게 주리는 늘 청자의 역할만 했다. 주리와 용희는 둘 다 1년 전과 입장이 바뀌었다는 점에서는 같았지만 용희는 보기 좋게 버림받았고 주리는 상황을 역전시켜 마음을 돌려받았다. 용희는 옆에서 웃고 있는 시현마저 왠지 자신을 비웃는 것 같았다.

핸드폰 문자 오는 소리가 들렸다. 용희는 명수인가 싶어서 재빨리 확인했는데 서류 전형 불합격 문자였다. 크리스마스에 이런 문자를 보내다니. 채용 담당자에게 전화를 해서 진상을 떨어볼까? 용희는 화가 나면서도 웃음이 나왔다. 다음해에는 몇 번이나 면접 볼 기회가 주어질까.

용희는 콜센터 면접을 보던 날이 떠올랐다. 졸업식을 하고도 몇 달이 지난 봄날, 용희는 자신과 같은 이유로 졸업식에 참석하지 않은 주리의 손에 이끌려 피시방으로 갔다. 사실 게임을 하러 간 거였는데 용희와 주리는 어느 순간 아르바이트 채용 사이트에 접속해 있었다. 용희와 주리가 주르륵 흘러내리는 아르바이트 구인 게시물 중에서 콜센터 상담사를 선택한 것은 단순히 '앉아서' 하는 일이라서였다.

"여긴 석 달 이상은 해야 한다고 써 있는데?"

"석 달 하고 관두지 뭐."

"그사이에 취직이 되면 어떡해?"

1년 8개월이나 콜센터에 다니게 될 줄 알았다면 그런 대화는 나누지 않았을 것이다.

피시방에서 나오자마자 즉흥적으로 면접을 보러 간 용희와 주리에게 면접관은 간단한 스크립트를 내밀며 읽어보라고 했다. 적잖이 긴장한 주리가 어색하게 스크립트를 읽었다.

"맛있는 웃음을 배달하는 베스트피자 강주리입니다. 주소가 어떻게 되십니……."

스크립트를 다 읽기도 전에 면접관은 스마트폰을 들여다보며 말했다.

"이제 됐어요. 음량도 적당하고 사투리도 안 쓰네요."

용희도 주리와 같은 테스트를 거쳤다. 이번에도 면접관은 대본을 읽는 중간에 잘랐다. 그녀는 기계적인 어조로 빠르게 말했다.

"만근수당도 있으니 빠지지 말고 해주세요. 무단결근 안 되고 근무지 이탈 안 되고 1분이라도 늦으면 패널티 5천 원, 오주문은 50프로, 그리고 불친절은 5만 원이에요. 녹취 듣고 판단하니 억울할 일은 없을 거예요. 빠질 일이 있

콜센터

을 경우 일주일 전에 말하면 시간 조정 가능하고 콜 요금은 3백 원. 나중에 능숙해지면 콜급으로 받을 수도 있고요. 퇴사 3주 전에 말 안 하면 무단퇴사로 간주, 급여의 70퍼센트만 지급합니다. 교육은 네 시간씩 3일인데 상황에 따라 바뀔 수도 있어요. 사수가 오케이 하면 바로 투입됩니다. 요청하신 대로 근무 시간은 11시부터 6시로 들어가지만 오전에는 콜이 별로 없고 저녁에 많기 때문에 나중에는 저녁까지 해주면 좋겠어요. 주말엔 상담사가 모자라니 주말 근무 꼭 좀 해주었으면 좋겠고요. 어차피 혼자 하는 일이니까 본인 하기에 달렸어요. 해보면 알 거예요.”

용희와 주리가 겁먹은 듯 보였던지 면접관은 첫 달에는 페널티가 없다고 덧붙였다. 그리고 당장 내일부터 2, 3일간의 교육을 받으라고 했다. 사대보험도 안 들어주면서 입사니 퇴사니 하는 것이 우스웠지만 용희는 이왕 시작한 거 오래 버텨보겠다고 다짐했다. 대학 졸업 학기 때 잠시 아르바이트했던 의류 매장에서 수다스러운 여자애들에게 질린 탓에 ‘혼자 하는 일’이라는 것이 마음에 들었다. 용희와 주리가 면접관에게 인사하고 자리에서 일어서려는데 늘씬한 여자가 걸어 들어왔다.

“맛있는 웃음을 배달하는 베스트피자 최시현입니다. 배달 주문이십니까? 배달받을 주소를 구와 동으로 말씀해주

십시오. 연락받을 전화번호를 말씀해주십시오. 어떤 피자
로 하시겠습니까? 도우와 사이즈는 어떻게 하시겠습니까?
음료와 사이드메뉴 더 필요한 것 있으십니……."

시현은 길게 스크립트를 읽어나갔다. 면접관은 웬일로
중간에 자르지 않았다. 텅 빈 면접실에서 라디오 방송이
흘러나오는 것 같았다. 진짜 방송이라면 애청자가 될 거라
고 확신했을 정도로 예쁜 목소리였다. 용희는 주리의 손을
잡아끌었지만 주리는 자꾸만 시현을 돌아봤다. 용희가 문
을 닫으며 말했다.

"야, 쟤 읽는 거 들었어? 무슨 방송 대본 읽는 것 같아.
오바 쩐다."

주리는 감탄하며 말했다.

"엄청 예쁘더라. 베스트피자 전속 모델 해도 되겠어."

시현은 화장도 하지 않은 맨얼굴이었는데도 누구나 돌
아볼 정도로 예뻤다. 단순히 이목구비가 예쁘다기보다는
쉽지 않아 보이는 마스크 때문에 더욱 강한 인상을 남기는
스타일이었다. 용희는 그곳에서 나오는 길에 어쨌든 일을
구했다고 안도하면서도 괘씸하다는 듯이 중얼거렸다.

"그러고 보니 그 여자, 시급이 얼만지는 말해주지 않았
잖아."

모집 공고에는 최저시급보다 3백 원 정도 높은 금액이

적혀 있었지만 분명히 처음 한두 달간은 최저시급을 겨우 맞추는 수준으로 그보다 낮을 것이었다. 이미 몇 번 겪은 일이었다.

다음날 교육장에서 용희는 시현과 또다시 마주쳤다. 10분 늦은 용희와 주리가 뒤쪽에 앉고서도 한참이 지나서야 시현이 들어왔다. 강사가 눈살을 찌푸리며 말했다.

"늦게 왔으면 어서 앉아야죠."

교육장의 남학생들 눈이 모조리 시현에게로 향했다. 정장 차림의 시현은 또각또각 하이힐 소리를 내며 자리에 앉았다. 시현은 연예인 지망생처럼 보였다. 시현은 자신을 쳐다보는 시선은 이미 익숙하다는 듯 맨 뒷자리에 앉아 하품을 하면서 꾸벅꾸벅 졸기까지 했다. 이후로 옥상에서 자주 마주치는 시현과 자연스럽게 인사를 하고 세 사람은 함께 다니게 되었다. 시현은 매달 며칠은 아나운서 시험을 보느라 센터에 나오지 않았다. 때로는 저녁에 면접을 본 후 정장 차림 그대로 센터에 나오기도 했다. 그러고 보니 시현은 시험에 떨어졌을 때 용희와 주리 앞에서 감정적인 동요를 보인 적이 없었다. 혼자서 얼마나 힘들었을까. 용희는 옆에 앉은 시현을 힐끗 쳐다봤다.

남포동으로 가기 전에 형조는 과일 가게 앞에 차를 세우고 사과를 샀다. 그리고 핸드폰 대리점으로 차를 몰았다.

동민은 점퍼에 붙은 모자를 눌러쓴 다음 차에서 내리더니 대리점 문을 열고 안쪽으로 사과 봉지를 내려놓은 다음 잽싸게 도망 나왔다. 동민이 차에 올라타자마자 형조는 차를 출발시켰다. 시현은 숨을 고르는 동민을 보며 웃었다. 핸드폰 대리점 여직원이 창밖을 보며 사과 봉지를 들어올리는 게 보였다.

남포동에 도착해 주차를 한 다음 다 같이 축제 거리로 접어들었다. 은색 루돌프 사슴, 빨간색 선물 상자, 흰색 눈사람 등 크리스마스 상징들이 형형색색의 조명으로 빛났다. 용희는 넋을 잃고 주위를 둘러보며 걸었다. 우울감이 가라앉고 기분이 좋아졌다. 하지만 용희 눈에는 크리스마스 풍경이 비현실적으로 다가왔다. 마치 이곳 남포동 크리스마스 축제 거리가 판타지 영화의 한 장면처럼 느껴질 정도였다. 비단 화려한 크리스마스 장식 때문은 아니었다. 어쨌거나 용희는 '그곳'에서의 시간을 멈춰버린 것이다. 절대로 피할 수 없을 줄 알았다. 무방비로 당하는 수밖에는 방법이 없다고 생각했다. 콜센터 상담사에게 크리스마스는 그저 전화를 수백 통 받고 욕을 수십 번 얻어먹는 날이었다. 예정대로라면 콜센터에서 시간당 40개의 콜을 받고 있어야 할 시간이었다.

다 같이 초대형 생일 케이크 앞에서 멈춰 섰다. 용희는 환상적인 빛으로 감싸인 케이크를 올려다봤다. 이곳은 사진 찍는 장소인지 사방에서 플래시가 터졌다.

"오길 잘했어."

주리가 용희의 말에 장단을 맞추듯이 말했다.

"정말."

남자들이 근처 시장으로 간식거리를 사러 간 동안 용희는 시현과 주리에게 말했다.

"난 그만두려고. 결심했어."

주리가 용희의 어깨를 손으로 감싸며 말했다.

"한 번만 더 생각해봐."

"아무런 의미를 못 찾겠어. 콜센터에서 일하다 보면 나라는 존재가 깎여나가는 것 같아. 그리고 다시는 깎여나간 것들을 보충할 수 없을 것 같아. 아무리 애써도 의미를 부여할 수가 없어. 그래서 여기까지 따라온 거야. 어떻게든 막아보고 싶었어. 더 이상 깎여나가지 못하게."

주리가 고개를 끄덕이며 말했다.

"나도 그랬어. 잠시라도 시간을 멈추어보고 싶었어."

시현도 용희의 말에 동의하는 것 같았다. 시현은 하늘을 올려다보며 말했다.

"백퍼 공감. 우리 처음으로 마음 통했다. 나도 오래는 못 할 것 같아."

주리가 시현에게 물었다.

"넌 한두 달은 더 다닐 거지?"

시현이 한숨을 내쉬며 말했다.

"글쎄, 고민 중이야. 내가 아나운서가 될 확률은 아마 무수리가 중전이 되는 것보다 낮을 거야. 하지만 다음해까지는 해보고 싶어. 무수리가 중전이 된 경우는 실제로 있거든."

용희가 크게 웃으며 말했다.

"얘 왜 이렇게 웃기니. 예를 들어도 꼭. 무수리래……."

웃다가도 용희는 금세 침울해졌다. 결국 셋 다 마찬가지라는 생각이 들었다. 우리 모두 꿈이 있고 열심히 하고 있지만 취업문은 좁고 우리의 하루는 쳇바퀴 돌듯 반복된다는 점에서 끊임없이 반복되는 진상고객의 전화와 다를 게 없었다. 대학을 졸업하고 취업준비생으로 사는 동안 이렇게 울컥하는 순간이 시시때때로 찾아왔다.

저 멀리서 해맑게 웃으며 간식거리를 들고 달려오는 동민을 보자 용희는 웃음이 났다. 그제야 용희는 어쩌면 동민이 1박 2일 동안 바보처럼 행동한 건 자신을 위로해주기 위해서였을지도 모른다는 생각이 들었다. 단지 시현을 위해서였을지도 모르지만 상관없었다. 혼자 견디기엔 길었을 시간을 친구들 덕분에 빨리 흘려보낼 수 있었다.

눈앞의 음식은 순식간에 사라졌다. 용희와 주리는 누가

빼앗아 가는 것도 아닌데 허겁지겁 먹었다. 시현도 평소와 다르게 기름진 빈대떡을 마파람에 게 눈 감추듯 먹어치웠다. 배를 채우자 용희는 다시 기분이 좋아졌다. 용희는 혹시 취준생 조울증 아닐까 생각했다. 감정이 널뛰듯 하는 것이 최근 들어 더 심해졌다. 동민이 문어를 우적우적 씹으며 형조에게 말했다.

"내 말 맞지? 얘네들은 보통 여자들보다 위가 크니까 많이 사야 한다고 했잖아."

동민은 씨앗호떡도 한 입 베어물며 말했다.

"이런 거 서울 가서 팔아볼까? 아, 이거 당기네."

형조가 웃으며 말했다.

"매일 바뀌냐. 전에는 또 닭강정이라더니."

그때 지나가던 아저씨가 동민에게 다가와 사진을 찍어 달라고 했다. 동민은 단란한 4인 가족의 사진을 찍어주었다. 용희는 여기저기서 터지는 카메라 셔터 소리를 들으며 말했다.

"동민아, 우리도 사진 찍자. 나 너한테 뽀뽀해도 돼?"

동민은 바보 같은 표정을 지으며 말했다.

"뽀뽀? 해주면 나야 고맙지."

용희는 동민의 뺨에 길게 입을 맞췄다. 동민은 놀라면서도 피하지 않았다. 거대한 크리스마스트리를 배경으로 연

인처럼 포즈를 잡은 동민과 용희를 주리가 카메라에 담았
다. 용희는 주리로부터 그 사진을 넘겨받아 카카오톡 프로
필 사진에 업로드했다.

최시현

시현은 앞사람의 발을 밟지 않도록 조심하며 걸었다. 남포동 거리는 세상 사람들이 다 여기로 모였나 싶게 인파로 들썩였다. 시현 옆에서 공중에 떠 있는 크리스마스 장식물을 구경하던 동민이 뜬금없이 말했다.

"그래도 신기하지 않냐? 이렇게 사람이 많은데 너랑 내가 만났잖아. 그것도 콜센터에서."

시현은 살며시 고개를 끄덕여주었다. 사실 동민을 만난 것도, KTX 열차를 타고 두 시간 반을 달려야 닿을 수 있는 부산에 사는 진상과 전화선을 통해 만나게 된 것만큼이나 신기한 일인지도 몰랐다. 시현은 동민의 마음을 받아줄 생각은 없었지만 여전히 자신에게 뜨거운 눈빛을 보내는 동민을 보니 조금은 위로가 되었다. 이기적이라고 해도 어쩔 수 없다. 4년 동안 시험장에서 줄기차게 거절을 당해서일 까. 시현은 누군가의 무조건적인 애정이 싫지 않았다. 사실 시현은 어쩌다 보니 들어온 콜센터에서 마음을 터놓을 친구들을 만나게 될 줄은 몰랐다. 며칠 전까지만 해도 콜센터를 그만두면 다시 만날 일이 없는 친구들이라고 생각했다. 하지만 그렇게 생각해서인지 오히려 자신도 모르는 사이 속내를 털어놓게 되었다. 시현은 새삼 퇴사를 각오하고 여기까지 동참해준 친구들이 고마웠다.

크리스마스트리가 죽 늘어선 곳에는 사람들이 잔뜩 모여 있었다. 가족 단위로, 연인끼리 온 사람들은 소망 카드를 써서 트리에 달았다. 동민이 트리를 흔들자 수백 장의 소망이 담긴 카드 잎사귀들이 흔들렸다. 이런 것을 믿는 건 아니었지만 시현도 주리와 용희 옆에서 소망 카드를 펼쳐 들었다. 동민은 여자들은 유치하게 소망 타령이라고 투덜대면서도 시현 보란듯이 카드를 활짝 펴서 달았다.

—최시현이 하동민에게 푹 빠지게 해주세요.

시현은 가장 먼저 써서 붙인 주리의 카드를 펴 봤다.

—언젠가는 오늘을 그리워하게 해주세요.

시현은 딱히 적을 말이 없었다. 시현은 심호흡을 한 번 한 다음 이렇게 적었다.

―꿈을 포기하게 해주세요.

좀 천천히 가자고 말하고 싶을 정도로 렌터카는 빠르게 달렸다. 어느새 부산역이었다. 차에서 내려야 하는데 시현은 엉덩이가 떨어지지 않았다. 운전석의 동민이 먼저 차에서 내린 다음 조수석 문을 열고 시현에게 손을 내밀었다. 시현은 동민의 손을 잡고 가까스로 차 밖으로 나왔다.

KTX를 타고 서울로 오는 길에 모두들 완전히 곯아떨어졌지만 시현은 정신이 말똥말똥했다. 지난 4년 동안 KTX를 타고 아나운서 시험을 보러 다녔다. 울산, 대전, 춘천, 강릉…… 시험을 보고 돌아갈 때는 몸은 말할 수 없이 피곤한데도 정신만은 또렷했다.

시현은 머리를 뒤로 기대고 눈을 감은 다음 자신만의 방송을 진행하기로 했다. 제목은 이렇게 붙였다. 1박 2일 콜센터 청춘들의 진상 찾아 삼만 리. 시현은 생방송 무대에 서 있었다. 시현은 침착한 목소리로 자신이 직접 작성한 내레이션 원고를 읽었다.

일반상담사와 전문상담사는 어떻게 다를까요? 콜센터에서 주문을 받는 일반상담사, 블랙컨슈머들을 전문적으로 상담하는 전문상담사. 어느 쪽이 더 힘들까요? 옥상 말고는 도망갈 곳이 없다는 점에서 그들은 평등합니다. 하루 종일 진상고객에게 시달린 전문상담사 최시현 씨, 진상에게 복수를 하겠다고 선언하고 콜센터를 뛰쳐나갑니다. 그녀와 동행한 친구들은 1년 8개월 동안 동고동락한 스물다섯 살 청춘들입니다.

이들은 충동적으로 KTX에 오릅니다. 무소불위의 권력을 가졌다는 듯이 헤드셋 너머에서 상담사를 괴롭힌 진상고객의 면상을 보고 싶다는 단순한 이유에서였습니다.

우여곡절 끝에 진상을 만난 이들은 마음껏 화풀이를 합니다. 그들은 자신들이 증오하던 진상고객들과 똑같이 행동합니다. 그런데 알고 보니 엉뚱한 사람에게 화풀이를 한 콜센터 상담사들. 그들은 달립니다. 뒤도 돌아보지 않고 앞으로 달려나갑니다. 눈앞에 새파란 바다가 펼쳐집니다. 오래도록 가슴에 꼭꼭 눌러 담아두었던 감정이 해운대 바다에서 세차게 분출됩니다. 마치 가방 안에 넣고 마구 뛰어와 따자마자 흘러나온 페트병 속 맥주 거품처럼요. 미지근해도 맥주는 맥주인가봅니다. 서울에서라면 하지 못했을 사랑의 고백이 터져나옵니다. 서로에 대한 분노와 미움도 터져나옵니다. 모래사장 위에서 뒹구는 청춘들. 파도의 흰색 포말에 휩싸여 언젠가는 사라져버릴 감정의 응어리들. 이것들은 모래 위에 떨어진 담배꽁초들처럼 아무 의미가 없는 것일까요?

크리스마스 축제를 즐긴 다섯 명의 청춘들은 서울로 향하는

KTX 열차에 올라탑니다. 고개에 고개를 얹고 조는 청춘들. 도무지 시간의 흐름을 느끼기 힘들었던 콜센터에서의 1년 8개월의 시간. 그리고 진상 찾아 삼만 리를 한 1박 2일의 시간. 그 일탈의 시간은 단지 시간 낭비였을까요? 그 시간들은 과연 쓰레기처럼 아무 의미가 없는 걸까요? 차라리 1박 2일 동안 열심히 피자 주문을 받아 일당을 챙기는 것이 더 나았을까요?

글쎄요, 저는 이렇게 생각합니다. 한 번쯤 감정이 흐르는 대로 놓아두고 따라가다 보면 다른 풍경이 펼쳐지는 것이 바로 청춘이라고요. 그곳에서 찾아 헤매던 진상고객을 만나지는 못했지만 그들은 더 값진 풍경을 만나고 더 값진 감정을 느끼지 않았을까요?

감정 노동을 하면서 낭비되고 소비되어버리는 콜센터 청춘의 시간들, 아무리 애써도 의미를 부여할 수 없는 시간들. 그 시간을 멈추어보려는 다섯 명의 청춘들. 그들의 시간은 이제, 흘러가버렸습니다.

시현의 방송은 어깨에 올려진 동민의 손길로 중단되었다.

"다 왔어. 내리자."

시현은 더 이상 바다 냄새가 나지 않는 것으로 서울에 왔다는 것을 실감할 수 있었다. 다섯 명은 남녀로 나누어 택시에 올라탔다. 주리는 택시 기사에게 콜센터로 가자고

했다. 용희는 싫은 표정이 역력했지만 체념한 듯 담담했
다. 시현은 시간을 확인했다. 쓰나미는 지나갔을 시간이었
지만 해일이 지나간 후의 처참함은 아직 남아 있을 터였
다. 택시 안은 지나칠 정도로 조용했다. 택시 기사는 백미
러를 통해 여자들을 힐끔거렸다.

어쩜, 이 거리는 전혀 변하지 않았다. 편의점 앞에 앉아
있는 세 명의 여자애들은 콜센터에서 일하는 상담사들이
었다. 빨리 들어오라는 실장의 문자를 무시하고 수다를 떨
고 있는 게 분명했다. 하루 만에 거리가 변할 리 없는 것이
당연했지만 시현은 어쩐지 한 달은 지난 것 같았다.

시현은 편의점을 가리키며 저기에 세워달라고 했다. 모
두들 나무늘보처럼 느린 동작으로 택시에서 내렸다. 용희
는 편의점 앞 파라솔 밑에 앉아 길게 한숨을 내쉬었다. 주
리는 용희의 손을 잡아끌며 어서 가자고 했다. 시현의 몸
도 자동으로 콜센터를 향해 움직이고 있었다. 모두 터벅터
벅 걸었다. 그린 마일을 걷는 사형수처럼.

드디어 콜센터가 눈앞에 보이자 시현의 입에서도 한숨
이 새어나왔다. 부산에서의 하룻밤이 짓궂은 농담처럼 여
겨졌다. 콜센터 건물 1층 유리문을 열고 들어가자 온 건물
에 울려퍼지는 상담사들의 목소리가 들려왔다. 시현은 이
제야 정말로 꿈에서 깨어났다는 것이 실감났다. 남자 상담

사가 계단을 통해 걸어 내려오며 말했다.

"씨발, 그만두고 말지."

그는 유리문을 열고 밖으로 나갔다. 모두 엘리베이터를 타기 위해 기다렸지만 시현은 홀로 2층으로 걸어 올라갔다. 계단을 올라갈수록 상담사들의 목소리도 조금씩 커졌다.

시현은 입구에서 분위기를 살폈다. 센터는 생각보다 조용했다. 실장들도 지칠 대로 지쳐서 상담사들 뒤에서 감시하며 어서 전화를 받으라고 재촉하는 시기는 이미 지나간 것 같았다. 그때 누군가 딱딱한 것으로 시현의 어깨를 세게 찔렀다. 문영 실장이었다. 그녀는 비웃는 표정으로 손에 든 지휘봉으로 시현의 어깨를 몇 번 더 찌르며 말했다.

"이래서 네가 안 되는 거야. 여기서도 안 되는데 밖에 나가면 뭐 되겠어? 너는 최소한의 성실성도 갖추지 못한 애야. 현아 실장님한테 가서 사직서 써."

시현은 현아 실장 옆에 가서 다소곳이 섰다. 현아 실장은 시현을 한 번 흘겨본 다음 뒤이어 들어오는 네 명을 차례로 노려봤다. 그리고 양손으로 자신의 머리카락을 쥐어뜯으며 말했다.

"으이구, 이 화상들. 대체 어디 갔다 온 거야? 가출했다 돌아온 거야? 너희들, 손 들고 서 있어."

모두 나란히 서서 손을 들었다. 동민은 현아 실장 뒤로 가더니 실장의 어깨를 주무르며 말했다.

"실장님, 별일 없으셨죠? 보고 싶었어요. 사실은 저희가 단체로 한강에 갔다가 돈이 없어서 여기까지 걸어오느라……."

동민은 익살을 부리며 열심히 말을 지어냈다.

"그런데 어디서 비린내가 나지?"

현아 실장이 코를 킁킁대며 부스에 앉은 상담사들을 향해 말했다.

"생선구이 먹고 온 사람 누구야?"

주리는 옆에 선 형조와 눈짓을 나누며 키득거렸다. 시현도 웃음이 터졌다. 바지를 입은 채로 바다에 뛰어든 동민에게서 나는 냄새일 것이다. 동민은 자기는 모르는 일이라는 듯이 웃으며 현아 실장의 어깨를 주물렀다. 현아 실장은 하룻밤 사이에 다크서클이 턱밑까지 내려와 있었다. 눈치로 봐서는 땡땡이를 친 상담사가 단 한 무리는 아닌 것 같았다. 현아 실장이 전광판을 턱으로 가리키며 말했다.

"저기를 봐. 지금은 놓치는 콜이 수십 건이지. 몇 시간 전에는 백 통이 넘어갔어. 센터가 오늘 하루 천 통 넘게 손해 봤다고."

목이 쉬어버린 현아 실장은 화를 낼 힘도 없어 보였다. 저녁 여덟 시, 한바탕 쓰나미가 휩쓸고 간 콜센터는 허망함과 안도감이 교차하고 있었다. 동민이 어깨를 주무르던 손을 멈추며 말했다.

"실장님, 저도 오늘 콜 받을까요? 저 배달 관뒀어요."

현아 실장이 눈을 번쩍 뜨며 말했다.

"그래? 그럼 당장 가서 받아."

주리가 작게 말했다.

"뭐야, 우리 안 그만둬도 되는 거야?"

현아 실장이 말했다.

"연말에 풀로 채워. 지금은 시간 없으니까 내일 벌서고 당장 자리로 돌아가서 콜 받아."

주리와 용희는 잽싸게 부스로 돌아가 헤드셋을 썼다. 시현과 형조도 전문상담사 자리로 가서 진상고객을 맞을 준비를 했다. 종구가 시현을 보자마자 말했다.

"그 대기업 부장이란 사람 또 전화했어요."

"정말?"

"지금 주연 누나가 맡고 있어요. 어제는 열 시간, 오늘은 여덟 시간째. 실장이 누나는 해고당했다고 했으니까 누나는 이제 상대 안 해도 될 거예요. 오늘까지 설득해보고 안 되면 법적으로 처리하기로 했어요."

시현은 쓴웃음을 지었다. 해고당한 스트레스를 콜센터 상담사들에게 풀려는 걸까. 해고를 당했으니 하루 종일 전화를 걸어댈 시간이 있을 것이다. 시현은 헤드셋을 썼다가 슬그머니 다시 벗었다. 그리고 근처에 실장이 없나 확인한 다음 자리에서 일어났다.

시현은 천천히 계단을 올라갔다. 계단을 오르는 발걸음이 생각보다 가벼웠다. 시현은 층계참에 기대어 선 채로 한참을 웃었다. 도무지 웃음을 멈출 수가 없었다. 자신이 부산에서 그를 찾는 동안 그는 변함없이 전화기 너머에 있었던 것이다. 옥상 입구에 들어서자 다섯 명의 상담사들이 담배 연기를 피워 올리고 있었다.

"넌 오자마자 여기 올라왔냐?"

목소리가 들리는 쪽으로 돌아보니 낡은 소파에 용희가 앉아 있었다.

"그러는 넌?"

"오자마자 진상 걸렸잖아. 전화받자마자 왜 아직 배달 안 오냐고 지랄하더라고. 주문한 지 25분밖에 안 됐는데 좀 기다리시라고 했더니 나보고 쌍년이래. 아, 스트레스 받아."

용희는 거울에 얼굴을 비춰 보며 아직 희미하게 남아 있는 사인펜 자국 위로 스틱 파운데이션을 문질렀다.

다시 부스로 돌아온 시현은 끝나는 시간까지 다섯 명의 진상을 노련하게 처리했다. 대기업 부장님을 응대하던 전문상담사는 눈물을 찍어내며 조퇴했다.

하동민

일루미네이션 장식으로 화려한 빛을 내뿜는 크리스마스 상징들보다 동민을 더 들뜨게 한 것은 '시장'이었다. 부산 부평 깡통시장은 동민에겐 천국이었다. 시장 특유의 활기가 온몸을 기분 좋게 감쌌다. 동민은 사람들이 줄지어 선 곳으로 다가갔다. 사람들을 끌어당기는 것이 무엇인지 알고 싶었다. 구수한 음식 냄새일까, 상인의 서글서글한 인상일까, 아니면 눈앞에서 생생하게 펼쳐지는 음식 만드는 과정일까. 장사가 잘되는 맛집에는 분명 성공 요인이 있었지만 그것을 한눈에 파악하기는 힘들었다. 많은 장점을 갖췄는데도 실패하기도 하는 것이 음식 장사였다. 그것이 오랜 시간 준비했지만 동민이 섣불리 창업에 뛰어들 수 없는 이유였다. 그러고 보니 주로 서울과 경기도에서만 맛집 탐방을 했지 부산까지 둘러볼 생각은 하지 못했다. 동민은 뜻밖의 장소에서 아이디어를 얻을 수 있을지도 모른다는 생각에 눈에 불을 켜고 시장을 둘러봤다.

문어꼬치, 녹두빈대떡, 비빔당면, 씨앗호떡…… 모두 다 먹음직스러워 보였다. 상인들은 삽시간에 돈을 끌어모았다. 상인이 허리에 매단 돈주머니는 지퍼를 여닫을 때마다 내용물이 늘어나 불룩해졌다. 동민은 코를 벌름거렸다. 음식에서 나는 고소한 냄새보다 돈 냄새가 더욱 동민을 자극했다. 동민은 사람들이 줄지어 선 가게의 음식을 다섯 개씩 고루 샀다. 형조는 동민에게 뭘 그리 많이 사느냐고 하면서도 주리가 녹두빈대떡을 좋아하니 빈대떡은 여섯 개 사라고 했다.

"우리 시현이는 뭘 좋아할까? 예쁘니까 편식도 안 하겠지?"

음식을 손에 든 동민은 형조에게 따라오라고 하고는 콧노래를 흥얼거리며 사람들 사이를 뚫고 왔던 길로 되돌아갔다. 식기 전에 시현에게 먹이고 싶었다.

여자들은 며칠 굶은 것처럼 음식을 먹었다. 시현은 자기 몫을 다 먹고도 동민의 손에 들려 있던 씨앗호떡을 낚아채 한입에 넣었다.

콜센터

“어, 그건 내 건데.”

호떡은 이미 시현의 입안에서 녹아 없어진 상태였다. 문득 한 남자가 동민의 눈에 들어왔다. 그는 축제의 주인공인 거대한 생일 케이크 일루미네이션 장식물 앞에서 여자친구와 입을 맞추는 중이었다.

“부럽네.”

뜻밖에도 시현이 아닌 용희에게 키스를 받았지만 동민은 기분이 날아갈 것 같았다. 시현이 용희와 동민을 보며 해맑게 웃었기 때문이다.

집으로 돌아가는 KTX 열차 안에서 동민은 꺼두었던 핸드폰 전원을 켰다. 흠칫 놀랄 정도로 핸드폰은 한참 동안 몸을 떨었다. 문자가 정확히 서른두 개 쏟아졌다. 대부분 사장이 보낸 것이었다. 사장은 동민이 갑자기 아르바이트를 그만두는 바람에 자신이 손해를 봤으므로 손해액을 정산해서 고소를 하겠다고 했다. 한꺼번에 삭제하려는 순간, 동민은 욕설이 난무하는 문자들 속에서 보석처럼 반짝이는 문자를 하나 발견했다.

—오빠 무슨 일 있는 건 아니죠? 사장이 오빠 집에 전화했는데 외박했다고 하셨대요. 사고라도 난 건 아닌지 걱정돼요. 문자 보면 짧게라도 답장 주세요.

동민이 웃으며 말했다.

"어이구, 화덕이 자식 누가 누굴 걱정하냐."

그런데 화덕의 이름이 뭐였더라? 기억을 더듬어봤지만 기억나지 않았다. 동민은 매장에 두고 온 물건을 찾으러 가는 길에 화덕에게 이름을 물어봐야겠다고 생각했다. 그리고 노동청에 화덕을 대신해 진정을 낼 생각이었다. 최저임금을 지키지 않았다고 신고해봤자 벌금 몇 푼으로 끝나겠지만 동민은 아무것도 안 하는 것과 한번 시도라도 해보는 것에는 큰 차이가 있다고 생각했다. 아무것도 하지 않는다면 자신 역시 화덕을 착취하는 사장과 다를 바 없다고 생각했다.

동민은 옆에서 잠든 시현을 힐끔 쳐다봤다. 좋은 꿈을 꾸는지 입꼬리가 슬며시 올라가 있었다. 처음 시현을 봤을 때가 떠올랐다. 그때만 해도 동민은 형조와 함께 온종일 콜센터에 상주하며 전화를 받았다. 동민은 일주일에 엿새 동안 일하며 창업 자금을 모았다. 월요일은 쉬었는데 그날은 유명 맛집을 탐방하러 다녔다. 그때 동민은 작은 평수의 닭강정집을 생각하고 있었다. 첫 번째 사업 아이템으로는 닭강정이 치킨보다는 수월하다고 판단하고 유명하다는 닭강정집을 모조리 찾아다녔다. 강남의 유명 닭강정집에 들른 날, 동민은 형조에게도 맛보이려고 닭강정을 사 왔다. 동민은 엘리베이터를 타고 올라가면서 형조에게 옥상으로 오라고 문자를 보냈다.

옥상에 발을 디딘 순간, 동민은 눈부신 여자의 뒷모습과 마주했다. 긴 머리에 뒤태가 예술인 그 여자는 무언가를 소리 내어 읽고 있었다. 들어보니 뉴스였다. 상황이 좀 우스웠지만 뉴스가 그렇게 아름다운 소리인 줄은 처음 알았다. 동민의 귀에는 시현이 한 편의 아름다운 시를 읽는 것 같았다. 시현의 몸에 달라붙은 원피스는 다리 곡선을 잘 살려주고 있었다. 얼굴을 보기도 전인데 동민은 눈앞이 하얘지고 숨이 가빠왔다. 동민은 저렇게나 예쁜 목소리를 가진 여자를 만나본 적이 없었다. 시현이 몸을 돌려 돌아선 순간, 동민은 숨이 멎을 뻔했다. 동민은 심호흡을 하며 무슨 수를 써서라도 저 여자와 사귀어야겠다고 생각했다. 동민은 시현에게 다가가 이름을 물었다. 시현은 동민이 보이지 않는지 아무 말 없이 동민을 스쳐지나갔다.

동민은 잠든 시현을 깨워 서울역에 내렸다. 시현은 여전히 도도했지만 전에 없이 부드럽게 동민을 향해 웃어주었다. 동민은 비참한 기분이 들었다. 그 미소는 어디까지나 친구에게 보내는 우정의 미소였기 때문이다. 하지만 동민은 시현을 포기할 생각이 없었다. 감정은 찰흙처럼 얼마든지 형태가 변할 수 있는 것이니까.

동민의 연애관은 사업에 대한 생각과 비슷했다. 창업을

할 때처럼 연애를 할 때도 서두르면 안 되었다. 텔레비전을 켤 때마다 대박 맛집이 등장했지만 음식점 성공 확률은 10퍼센트도 되지 않았다. 지금은 시현의 마음을 사로잡는 것보다 나쁘지 않은 관계를 형성하는 것이 더 중요했다. 창업 이후 3년 이내에 폐점하는 식당이 80퍼센트가 넘고 5년이 넘으면 90퍼센트 이상이 폐업을 한다. 아마도 연애 실패율과 비슷할 것이다. 주리에게 들은 바에 따르면 시현은 지금 만나는 사람이 있는 것 같았다. 동민은 1년 뒤 시현이 지금 만나는 남자와 관계가 소원해지면 다시 한번 들이대볼 생각이었다.

콜센터 건물 1층에서 엘리베이터를 기다리는 동안 시현이 한숨을 내쉬었다. 아주 작게 내쉰 한숨이었지만 동민의 귀에는 선명히 들렸다. 용희는 긴장감을 떨쳐내려는 듯 손을 머리 위로 들어 기지개를 켰다. 형조는 강아지처럼 주리를 쫓아다녔다. 엘리베이터는 꼭대기 층에 정지해 있었다.

시현이 계단으로 먼저 걸어 올라갔다. 동민은 시현을 따라가려다가 때마침 도착한 엘리베이터에 올라탔다. 시현이 잠시라도 혼자 있고 싶을지도 모른다는 생각이 들었다. 아무도 버튼을 누르지 않았다. 엘리베이터 모퉁이를 하나씩 차지하고 서서 서로 눈치를 봤다. 주리가 먼저 입을 뗐다.

"마스크라도 사 올걸 그랬나. 실장이 침 튀기며 훈계할 거 아냐."

용희는 굳은 표정으로 말했다.

"너는 흑기사가 있잖아. 대신 맞아달라고 해."

형조는 싱겁게 웃었지만 아무 말도 하지 않았다. 2층에서 누군가 버튼을 눌렀는지 엘리베이터가 자동으로 올라갔다. 문이 열리자 경미 실장이 빗자루를 들고 서 있었다. 그녀가 음흉하게 웃으며 말했다.

"너넨 이제 죽었다. 어서 들어가봐."

현아 실장 옆에서 고개를 숙인 채로 서 있는 시현을 본 동민은 무언가가 울컥 치밀어 올랐다. 그렇다고 동민이 시현을 위해 딱히 할 수 있는 일이 있는 것도 아니었다.

동민은 가느다란 목소리로 교태를 부리며 현아 실장의 어깨를 주물렀다. 다른 친구들은 교무실에서 혼나는 고딩들처럼 다 같이 현아 실장 옆에서 손을 들고 있다가 다시 전화기 앞으로 돌아갔다. 동민은 뜻밖의 광경에 어리둥절했다. 다른 친구들은 그렇다 치고 시현이 순순히 잘못을 인정할 줄은 몰랐다. 모두 돌아가면 당장 일을 그만둘 것처럼 굴었으면서 사실은 일을 그만둘 마음이 없는 모양이었다.

동민도 부스에 앉아 헤드셋을 썼다. 힘을 보태 친구들의 감정 노동을 조금이라도 줄여주고 싶었다. 마치 동민을 기다리고 있었다는 듯 중년 여자의 목소리가 튀어나왔다. 여

자는 뭐가 그리 급한지 빠르게 주문을 하고 전화를 끊었
다. 동민은 벽시계를 올려다봤다. 세 시간만 있으면 크리
스마스 특수도 끝난다. 크리스마스니 11시까지 주문이 끊
이지 않을 것이다. 동민은 한 시간 동안 쉬지 않고 전화를
받다가 자리에서 일어나 창밖을 바라보는 척하며 시현을
훔쳐봤다. 시현은 얼음공주라는 별명답게 아무 일 없었다
는 듯이 무표정한 얼굴로 차분히 전화를 받고 있었다.

동민은 십여 개의 전화를 더 받은 뒤 옥상으로 올라가
대학병원에 전화를 걸었다. 전화기 너머에서 반가운 소식
이 들려왔다.

"의식을 찾았고 부모님도 올라오셨어요."

"그래요?"

동민은 자신도 모르게 소리를 질렀다. 요 몇 년 동안 이
렇게 기분 좋은 전화 통화는 처음이었다. 하지만 금세 침
울해졌다. 그 아이는 앞으로 휠체어를 타야 한다고 했다.
갑자기 온몸이 으스스했다. 몸살이 오려나보았다. 한겨울
에 바다에 뛰어든 대가였다.

동민은 그 자리에 한참 동안 서 있다가 다시 아래로 내
려와 끝나는 시간까지 쉼 없이 전화를 받았다. 동민이 알
기로는 오르내리는 감정을 잠잠하게 만드는 방법은 반복
적인 노동밖에 없었다.

콜센터

박형조

형조는 최종적으로 호텔 방에서 동민의 입을 통해 '어제의 일'을 확인했음에도 믿기가 힘들었다.

"네가 잘 자는 주리를 깨워서 사랑한다고 한 번도 아니고 여러 번 말했어. 얌전히 말한 것도 아니고 눈물까지 줄줄 흘리면서 따……랑…해. 술에 취해 잠든 용희까지 깨워서 나는 주리를 사랑한다고 사랑한다고 짐승처럼 울부짖었어."

동민이 새끼, 과장은. 형조는 대범해지려 했지만 시간이 지날수록 얼굴을 들 수 없을 정도로 창피해서 남포동에서 부산역까지 가는 길에 동민에게 운전대를 맡기고 뒷좌석에서 자는 척을 했다. 취중진담이라고 했던가. 오랜 시

간 억눌러둔 감정이 폭탄주와 함께 터져버린 것이다. 형조
는 주리가 듣지 못하도록 입을 막고 큭큭큭, 길게 웃었다.
이상하게도 통쾌했다. 오래도록 닫아둔 수문을 연 것처럼
안에 쌓아둔 감정들이 거센 물줄기가 쏟아져내리듯이 모
조리 빠져나간 것 같았다. 치과에 가는 것이 두려워 미루
고 미루다가 10년 만에 스케일링을 한 것처럼 치석이 긁혀
나간, 감정의 뿌리를 둘러싸고 있던 연한 근육이 시리고도
개운했다. 얼결에 따라나선 것이지만 이틀간의 여행에서
얻은 수확이 전혀 없진 않았다. 짧은 시간이었지만 지긋지
긋한 감정 노동에서 벗어나 스스로의 감정과 솔직하게 직
면한 셈이었다. 언제부터였을까. 무언가를 안에다 쌓아두
는 몹쓸 버릇이 생긴 것이. 너무 오래되어 기억나지 않았
다. 최초의 기억조차 무언가를 참는 것이었다.

“남자는 울면 안 된다.”

아버지의 장례식장이었다. 정작 그렇게 말한 어머니는
눈물을 철철 흘리고 있었나. 겨우 다섯 살이었던 형조는
울지 않으려 안간힘을 썼다. 심각한 표정으로 어머니 곁에
서 늠름한 상주 노릇을 했다. 어머니가 통곡할 때도 형조
는 눈물 한 방울 흘리지 않았다. 어머니는 다섯 살짜리 어
린 아들에게 의지할 정도로 약했던 걸까. 두 살배기, 세 살
배기 딸들까지 있었으니 무서웠을 법했다.

어머니는 아버지가 돌아가신 이후로 형조에게 자신의 남편 역할, 동생들의 아버지 역할까지 기대했다. 형조는 그런 어머니에게 저항해본 적이 없었다. 어머니의 감정이 격해지는 것이 두려웠다. 어머니를 슬픔에 잠기게 하는 것이, 동생들을 두렵게 만드는 것이 싫었다. 공무원이 되려고 한 것도 불안을 떨쳐버리기 위해서였다. 어린 시절부터 늘 자신을 두렵게 했던, 갑자기 길에 나앉을 수 있다는 불안감에 더 이상 압도당하지 않기 위해서였다.

형조는 남포동에서 정식으로 주리에게 프러포즈했다. 주리는 아무런 말이 없었다. 주리는 잠시 후 선심 쓰듯 말했다.

"생각해볼게."

그새 내가 싫어진 걸까. 형조는 주리가 원망스러웠다. 오랜 시간 미적거린 건 자기 자신이라는 사실을 까맣게 잊어버린 것처럼.

부산역에 도착해 렌터카를 반납한 뒤 다 같이 KTX에 올랐다. 형조는 창가 자리를 주리에게 양보하려 했는데 주리는 이미 용희와 함께 앉아 있었다. 뭐가 그리 재밌는지 둘이서 쉼 없이 재잘댔다. 형조는 혼자 주리의 뒷자리에 앉았다. 늘 형조를 신경 써주던 주리가 이제는 형조를 찾지도, 쳐다보지도 않았다.

형조는 가방에서 문제집을 꺼내 풀었다. 퇴근길에는 늘 버스에서 공부를 했는데 어제 하루를 통째로 날려먹었다. 하지만 쉬이 집중이 되지 않았다. 형조의 신경은 온통 주리에게로 쏠려 있었다. 웨이트트레이닝이라도 한 것처럼 온몸이 쓰라렸다. 너무 오랜만에 감정 근육을 썼기 때문일까. 쓰라리지만 뿌듯한 근육통이 느껴졌다.

핸드폰을 확인하니 어머니로부터 부재중 통화와 문자가 와 있었다.

—네가 그렇게 싫다면 유선이 재수하는 거 엄마가 말려볼게. 문자 보면 연락 좀 줘. 엄마 걱정돼서 한숨도 못 잤어.

형조는 핸드폰을 꺼버렸다.

서울역에 도착한 형조는 여자들을 먼저 택시에 태워 보낸 뒤 동민과 함께 택시를 잡아탔다. 동민이 형조의 얼굴을 보며 킥킥댔다.

"왜 웃어?"

"어제 생각나서."

"뭐가 또 있어?"

"너 정강이에 멍 안 들었냐?"

갑자기 정강이가 욱신거렸다.

"네가 주리한테 막 안아달라고 했어. 주리가 피하니까

콜센터

주리 쪽으로 가다가 넘어지면서 침대 모서리에 정강이 부딪혔거든. 다리를 가슴 쪽으로 당겨 안고 어린애처럼 흑흑 흑……."

형조는 동민의 입을 손으로 틀어막았다. 괴로워서 더 이상 듣고 있을 수가 없었다. 기억나지 않는다는 것이 더 큰 공포를 불러일으켰다. 동민이 실실거리며 말했다.

"생각을 그만해. 넌 생각이 너무 많아. 그냥 몸이 주는 신호를 따라가봐. 몸이 원하는 대로."

형조는 동민의 말을 곱씹다가 동민의 머리통을 냅다 갈겼다.

"몸이 원하는 대로? 그건 네 얘기잖아."

"솔직히 말해봐. 너 야동도 안 보지? 하여튼 신기해. 천연기념물이야. 스트레스를 어떻게 푸냐?"

형조는 동민의 머리를 한 대 더 갈긴 다음 머리를 뒤로 기대고 눈을 감았다. 그리고 어제 주리에게 하지 못한 말을 중얼거렸다.

"그리고…… 주리 너를 만났으니까."

콜센터에 도착해 다시 부스에 앉은 형조는 역시 집중이 되지 않았다. 종구는 '미녀 산타' 진상고객을 상대하고 있었다. 이 고객은 5년째 크리스마스에 전화를 걸어오고 있었다. 목소리가 주말드라마에 출연 중인 미스코리아 출신 여배우와 비슷해서 종구가 '미녀 산타'란 별명을 붙여주었다고 했다. 종구는 미녀라고 생각하면 시달리는 것이 덜 억울하다고 했다. 5년 동안 전화를 걸어왔기 때문에 과연 올해도 전화를 걸어올지 모두 내심 진상을 기다리는 웃지 못할 상황이 벌어졌던 모양이다.

그녀는 지난해에도 했던 소리를 똑같이 반복했다. 5년 전에 10년이나 사권 애인에게서 베스트피자를 배달받았다. 애인이 크리스마스에 출장을 가게 되어서 미안한 마음에 보내준 것이었다. 사실 그 시간에 그는 다른 여자를 만나고 있었다. 유흥가 모텔에서 피자를 시켰는데 실수로 미녀 산타의 번호와 주소를 부른 바람에 거대한 비밀이 들통나버렸다. 그는 결국 미녀 산타가 아닌 그 여자를 선택했다는 삼류 소설에나 나올 법한 이야기였다.

형조는 종구 곁에 앉아 헤드셋을 쓰고 미녀 산타와의 전화 통회를 엇들었다.

"아이고 고객님, 가는 사람 잡지 않고 오는 사람 막지 않는 게 연애의 기본 원칙이라고 했습니다."

"그래요? 누가 그런 말을 했어요?"

형조는 지난해에 자신을 괴롭혔던 목소리를 다시 들으니 소름이 끼치면서도 반가웠다.

"제가요."

여자는 소리 내어 웃었다. 종구는 방해하지 말라는 듯이 형조에게 저리 가라는 손짓을 했다. 종구는 미녀 산타에게 연민을 느꼈는지 성심성의껏 여자의 이야기를 들어주고 있었다. 이번에는 소리꾼이 아닌 북 치는 고수가 되어 장단을 맞춰주고 있었다. 형조는 지난해, 여자가 거짓말을 한다고 단정하고 들었기 때문에 이야기를 들어주는 것마저도 소름이 끼쳤다. 정신병자랑 통화하고 싶은 사람이 있을까. 하지만 종구는 여자가 진실을 말한다고 믿고 응대하니 스트레스를 덜 받는 것 같았다.

형조는 옥상으로 올라갔다. 종구도 곧이어 따라 올라왔다. 종구는 형조가 없는 동안 있었던 이야기를 생생하게 들려준 다음 담배에 불을 붙이며 말했다.

"형이랑 누나들 사라져서 실장님들이 화 엄청 냈어요. 문영 실장님이 형하고 주리 누나가 사랑의 도피를 벌인 거 아니냐고 하던데 진짜예요?"

형조는 조금 놀랐다. 성마른 문영 실장이 어떻게 알았을까. 그 정도로 티가 났던 걸까. 세상 모든 사람이 알아도 문영 실장은 모를 거라고 생각했는데. 그러고 보니 옥상에서 주리와 단둘이 얘기할 때 문영 실장과 종종 마주쳤다.

"그동안 센터에서 커플들끼리 크리스마스 때 도망가는

일이 왕왕 있었대요.”

“그래?”

형조는 소리 내어 웃었다. ‘역대 콜센터 진상 상담사 커플 목록’에 이름을 올렸다고 생각하니 기분이 좋았다.

“그나저나 미녀 산타 불쌍한 여자예요. 얘기를 들어보니까 그 남자가 바람피운 것을 들킨 이후에도 계속해서 양다리를 유지했더라고요. 다른 여자랑 결혼하는 순간까지 여자를 헷갈리게 했어요. 여자의 감정을 갖고 노는 남자들은 다 멸종돼야 해요.”

종구는 마치 자신은 그런 남자가 아니라는 듯이 말했다.

“여자의 감정을 갖고 노는 남자라면 어떤 남자를 말하는 건데?”

“단순한 바람둥이를 말하는 게 아니에요. 이도 저도 아닌 남자, 헷갈리게 하는 남자들. 한마디로 한심한 겁쟁이들이죠. 자기도 자기가 진짜 뭘 원하는지 모르니까 우유부단할 수밖에 없는 거예요.”

형조는 어째 종구가 자기한테 들으라고 하는 소리 같아 헛기침을 하며 머리를 긁적였다.

콜센터

강주리

전화를 받기 위해 비어 있는 부스를 찾는데 지수가 눈에 들어왔다. 지수는 그저께 앉았던 바로 그 자리에서 평소처럼 등을 구부린 채로 전화를 받고 있었다. 주리는 한 번도 대화를 나눈 적 없는 지수에게 가방에 들어 있던 캔커피를 꺼내어 건넨 다음 구석 자리의 부스에 앉았다. 그리고 심호흡을 한 다음 전화를 받았다.

"맛있는 웃음을 배달하는 베스트피자 강주리입니다. 주소가 어떻게 되십니까?"

몸에 입력된 것처럼 주리의 입에서 멘트가 흘러나왔다. 두 통의 전화를 받고 나서야 주리는 제자리로 돌아왔다는 것이 조금씩 실감이 났다. 한바탕 꿈이었나. 하지만 신발을 때리던 바닷물의 감촉, 손가락 사이를 부드럽게 간질이던 모래의 느낌이 여전히 생생했다.

형조가 주리의 책상 위에 캔커피를 놓아주었다. 주리는 자신의 자리로 돌아가는 형조의 뒷모습을 보며 아직도 피자가 도착하지 않았다며 고소하겠다고 소리치는 진상고객의 전화를 받았다. 진상고객의 전화를 받으니 이제 정말로 콜센터로 돌아왔다는 게 확연히 실감 났다.

"고객님 조금만 기다려주시면 도착하지 않을까요? 골목에 위치한 집이라서 배달원이 찾고 있을 것 같은데요."

"뭐? 지금 달동네에 산다고 비웃는 거예요? 크리스마스를 피자 한 판 때문에 망쳐야겠어요?"

잠시 후 현관 벨소리가 들렸다.

"지금 왔나보네요. 그럼 고객님, 즐거운 크리스마스 되시길 바랍니다."

고객은 대꾸 없이 전화를 끊었다. 주리는 해운대 바다에서 주위온 조개껍대기를 만시삭거렸다. 다행히 끝나는 시간까지 더 이상의 진상고객이 등장하지는 않았다.

상담사들이 하나둘 자리에서 일어나 짐을 싸기 시작하자 문영 실장이 큰 소리로 말했다.

"5인방은 마감 치르고 가. 11시까지."

11시 반에야 일이 끝났다. 세 명의 실장들은 자정까지 전화를 받을 생각인지 여전히 헤드셋을 끼고 있었다. 하긴, 밤 12시면 이제 막 크리스마스 파티를 시작할 시간이었다.

다 같이 터벅터벅 걸어 버스정류장까지 갔다. 동민이 가장 먼저 버스에 올라 사라졌다. 주리는 용희, 시현과 함께 버스에 올랐다. 형조도 여자들을 따라서 버스를 탔다. 형조는 주리의 뒷자리에 앉더니 주리의 귓가에 대고 집에 데려다주겠다고 했다. 주리는 그렇게까지 하지 않아도 된다고 했지만 형조는 주리를 따라 내렸다.

형조는 아무 말 없이 주리를 따라왔다. 주리는 뒤에서 들리는 발자국 소리만으로도 형조가 어깨를 구부리고 힘없이 걷는다는 것을 알 수 있었다. 주리는 3층짜리 다세대 주택 건물 앞에서 멈춰 섰다.

"다 왔어. 이제 가봐. 뭐 할 말 있어?"

"아니…… 우리 내일도 볼 수 있는 거지?"

"물론이야. 내일도 콜센터에 나가야 하니까."

형조는 시선을 발끝에 둔 채로 물었다.

"그럼 내가 계속 널 좋아해도 되는 거야?"

주리는 아무 말 없이 웃은 다음 집으로 들어왔다. 그리고 2층 자기 방으로 올라가 커튼 뒤에 숨어 창밖을 내다봤다. 형조는 한참 동안 그 자리에 서 있었다.

샤워를 하고 옷을 갈아입은 주리는 침대에 누웠다가 혹시나 하는 마음에 다시 아래를 내려다봤다. 형조가 여전히 그 자리에 서 있었다. 새벽 1시가 다 되었는데 저기서 뭘 하는 거지? 주리는 옷을 챙겨 입고 서둘러 아래로 내려갔다. 형조는 어깨를 구부정하게 숙인 채로 멍하니 서 있었다.

"왜 여기서 이러고 있어?"

형조는 벌벌 떨고 있었다. 주리는 형조의 찬 손을 녹이듯이 감싸쥐고 무언가에 이끌리듯이 근처 모텔로 갔다. 형조가 가는 대로 따라간 것 같기도 했고 주리가 그곳으로 이끈 것 같기도 했다. 머리를 붉게 염색한 모텔 직원은 방이 없다고 했다. 그러고 보니 한 시간 전까지 크리스마스였다. 이 세상 모든 연인이 사랑을 나누는 크리스마스. 네 번째 모텔에서 돌아 나오며 주리는 입을 가리고 웃었다. 다섯 번째 '금성장'이라는 이름이 붙은 허름한 여관에는 다행히 방이 하나 남아 있었다.

주리와 형조는 계단을 통해 2층으로 올라갔다. 여관 복도에서 흘러나오는 신음 소리에 주리는 바짝 긴장이 되었다. 주리는 자신의 손을 쥐고 있는 형조의 손을 더욱 힘주어 잡았다.

방으로 들어간 주리는 잠시 멍하니 서 있다가 한쪽에 놓인 의자에 걸터앉았다. 결벽증이 있는 주리가 평소라면 들

콜센터

어갈 생각도 하지 않았을 여관방이었지만 머릿속이 텅 비어 아무런 생각도 할 수 없었다.

언제 침대에 누웠는지 기억나지 않았다. 정신을 차려보니 침대 위였다. 형조는 주리가 알던 형조 같지 않았다. 그건 주리도 마찬가지였다. 주리는 스스로가 낯설 정도로 대범하게 행동했다. 주리는 술을 마시지 않았는데도 취한 것 같았다. 그러면서도 모든 감각이 생생하게 살아 있었다. 현실 같기도 꿈결 같기도 한 시공간 속에서 주리는 혹시라도 깨어날까봐 가슴이 조마조마했다. 아래에서 올려다본 형조도, 위에서 내려다본 형조도 낯설면서 친근했다. 형조는 일순간 아주 크게, 그리고 아주 작게 보였다. 주리는 지그시 눈을 감았다. 날카로운 도구 두 개가 맞닿아 서로 갈아대는 것처럼 긴박했지만 금세 잔잔한 평화가 찾아왔다. 형조의 몸속에서 액체가 흘러나왔을 때 주리의 입에서도 신음 소리가 새어나왔다. 그와 동시에 깊숙한 곳에 쌓여 있던 감정들이 분출되었다. 형조의 눈가에 눈물이 고인 것 같았다. 주리는 마취를 하고 수술을 한 것처럼 형조가 지나간 자리가 얼얼했다. 하지만 금세 기분 좋은 나른함이 온몸을 감쌌다. 주리는 작게 숨을 골랐다. 옆으로 고개를 돌린 주리는 웃음을 터뜨릴 뻔했다. 형조는 그새 잠들어 있었다. 주리는 숨을 죽이고 형조의 숨소리를 들었다. 그리고 곯아떨어진 형조의 얼굴을 잠시 들여다보다가 잠들 었다.

2월의 첫째 날, 10분 일찍 출근한 주리는 머그컵에 믹스 커피를 타서 부스에 앉았다. 커피를 한 모금 맛보기도 전 에 현아 실장으로부터 잠시 자기 자리로 오라는 메시지가 도착했다.

"이번 달에는 주리가 일반상담사 자리로 와서 신입 교육 을 많이 해줘야겠어."

"많이요? 교육이 전화받는 것보다 힘들어요."

"오래 일한 사람들이 한꺼번에 나가서 교육할 사람이 없 어서 그래."

현아 실장은 한 손으로는 어린 딸의 전화를 받고 한 손 으로는 본사의 전화에 응대하느라 지쳐 보였다.

주리는 머그컵을 들고 일반상담사 부스로 옮겨갔다. 커 피를 마시며 조용히 상념에 빠질 여유도 없이 상담사들이 하나둘 도착하기 시작했다. 처음 보는 여자 상담사가 숨을 헐떡이며 뛰어들어와 주리 바로 옆 부스의 컴퓨터를 켜고 인트라넷에 접속해 출석 체크를 했다. 건너편 상담사는 양 옆으로 컴퓨터를 두 대나 켜고 대리 출석을 해주고 있었다.

"툭하면 지각하는 사람은 뭐냐? 그만두겠다는 건가? 새해가 밝은 지가 언젠데 정신들 차려야지!"

현아 실장은 말은 그렇게 했지만 1월 말 구정 특수 이후의 지각을 충분히 이해하는 눈치였다. 어제는 많은 상담사들이 말도 없이 나오지 않았다. 주리는 하루도 빠지지 않고 센터에 나와 일했다. 27일부터 30일 대체 휴일까지 구정 특수를 지나면서 주리도 목이 쉬어버렸다. 주리는 무심코 주변을 둘러봤다. 그러고 보니 낯익은 얼굴이 보이지 않았다. 그새 물갈이가 된 모양이었다. 콜센터에 3, 4년씩 다니는 사람은 드물었다. 주리는 이제 신입 상담사의 교육을 맡아야 하는 고참 상담사였다.

한 시간이 지나서야 신입사원이 도착했다. 고등학교 2학년이라는 신입 상담사는 30분이나 지각했으면서도 미안한 기색이 전혀 없었다. 주리가 의자를 빼내주며 말했다.

"여기 앉으시고요, 내일부터는 지각하지 마세요."

고딩은 고개를 까딱거렸다.

"껌부터 뱉으세요."

고딩은 천진한 표정으로 물었다.

"왜요? 고객이 모르잖아요. 보이는 것도 아니구."

아무래도 일주일 안에 껌을 씹으며 전화받는 상담사가 있다는 클레임이 여럿 들어오겠다 싶었다.

주리는 네 시간의 교육을 마친 뒤 고딩에게 직접 주문을 받아보라고 했다. 헤드셋을 통해 주리가 함께 전화 내용을 들을 수 있어서 고딩이 말문이 막힐 경우 대신 주문을 받을 수 있었다. 역시나 고딩은 첫 번째 전화부터 말문이 막혔다.

"고객님, 어, 어떤…… 피자 하시겠……?"

고딩은 마이크를 손으로 감싸 쥐고는 못하겠다며 고개를 저었다. 몇 번이나 사전연습을 했지만 긴장이 풀리지 않은 모양이었다. 주리가 대신 주문을 접수했다.

"고객님, 제가 대신 주문 받겠습니다. 어떤 피자로 하시겠습니까?"

주리는 전화를 끊은 뒤 주눅이 든 고딩에게 말했다.

"처음엔 다 그래요. 괜찮아요."

고딩은 어설프긴 했지만 다음 전화는 무사히 받았다.

"아가씨는 일한 지 얼마 안 됐나봐? 좀 느리네."

"네, 고객님 오늘이 첫날이에요. 고객님이 저의 첫 번째 손님이시네요."

"그래? 아가씨는 몇 살이야?"

"고등학교 2학년입니다."

"고등학생하고 대화하니까 기분 좋네."

"저도 친절한 아저씨랑 대화하니까 좋네요. 어떤 피자로 하시겠어요?"

콜센터

"아가씨가 추천해줘봐."

"방금 나온 따끈따끈한 신제품으로 드릴까요? 소고기와 치즈 맛이 잘 어우러진 스페셜 바비큐 피자입니다."

"좋아. 첫 손님이라니까 영계가 추천한 피자로 하지. 콜라도 같이 보내줘."

고딩은 의기양양한 표정으로 전화를 끊었다. 성희롱을 하는 고객과 농담 따먹기까지 하는 폼을 보니 깡이 대단한 것 같았다. 설마 성희롱을 당했다는 것도 모르는 걸까. 주리는 단호하게 말했다.

"모든 질문에 일일이 답변할 건 없어요. 그래도 떨지 않고 잘하네요. 잠깐 화장실 다녀올게요. 전화 한두 통 더 받아보세요."

고딩은 주리가 화장실에 다녀온 사이 두 통의 주문을 더 받았다고 했다. 주리는 신입 교육을 성공적으로 끝마쳤다는 생각에 흐뭇했다.

30분쯤 지났을까. 전문팀의 종구가 달려왔다.

"난리 났어요. 고객한테 지랄한다고 했다면서요?"

주리가 화장실에 간 사이 고딩이 사고를 친 모양이었다. 고딩은 츕파츕스를 빨며 말했다.

"아, 그 사람요? 저한테 말투가 이상하다고 시비를 걸잖아요. 가정교육을 못 받았다고 하길래 고객님도 부모 없이 자란 거 티 난다고 했어요. 그랬더니 쌍욕을 하길래 저도 지랄한다고 해줬죠."

고딩은 전혀 미안한 기색 없이 자랑하듯이 말했다. 주리는 사탕으로 붉게 물든 고딩의 혓바닥을 보며 무슨 말을 해야 할까 고민했다. 종구는 몇 달 전의 자신은 기억도 못 하는지 큰 소리로 꾸짖듯이 말했다.

"그래서 지금 잘했다는 거예요? 성질대로 해서 선배들 힘들게 한 거잖아요. 다른 사람들은 성질이 없어서 참고 일하는 거 아니거든요. 교육 기간이라 망정이지 명백한 퇴사 사유라고요."

천진한 표정으로 사탕을 빨던 고딩이 갑자기 울음을 터뜨렸다.

"뭘 잘했다고 울기는……."

고딩은 울먹이며 말했다.

"부모님이 이혼하셔서 할아버지 밑에서 자란 게 내 탓이에요?"

고딩은 처절하게 울기 시작했다. 종구는 당황한 기색이 역력했다. 주리가 종구에게 어떻게 좀 해보라는 눈치를 주자 종구는 고딩에게 말했다.

"물론 네 탓이 아니지. 옥상에서 잠시 열 식히고 올래? 오빠가 커피 사줄게."

콜센터

종구는 고딩을 밖으로 데려갔다. 빗자루를 들고 청소 중이던 현아 실장이 주리의 발밑을 쓸며 말했다.

"쟤네 꼭 너랑 형조 같다. 닮았어."

주리는 따지듯이 물었다.

"어디가요? 말도 안 돼요."

"하도 클레임이 들어와서 형조가 뒤처리하다가 친해진 거잖아."

주리는 억울하다는 듯이 말했다.

"기껏해야 서너 번이었죠."

"무슨 소리야. 내가 아는 것만 여덟 번인데. 아마 형조가 말 안 하고 제 선에서 처리했을걸? 근데 쟤네 커플각 아니냐? 내가 여기서 일하면서 진상 처리하다가 커플 되는 거 수십 번 봤어. 진상고객의 감정 대신 받아주는 거 사랑이 아니면 불가능한 거거든."

주리는 멍하니 생각에 빠졌다. 형조가 나를 대신해 감정 쓰레기통 노릇을 해준 건가. 해운대에 가기 전의 형조는 늘 내 감정을 뱉어낸 줄로만 알았는데. 터져버릴 것처럼 꼭 찬 내 감정을 매몰차게 거절해온 줄로만 알았다. 그런데 내가 모르는 곳에서 나에게 쏟아지는 감정들을 대신 처리해주고 있었다니. 주리는 달콤쌉싸래한 기분을 느끼며 며칠 뒤 형조를 만나면 좀 더 상냥하게 대해야겠다고 다짐했다.

주리는 머그컵을 들고 다시 전문팀 자리로 돌아왔다. 해가 바뀐 지금, 5인방 중 센터에 남아 있는 사람은 주리뿐이었다. 변한 것이라면 주리가 형조와 시현이 있던 전문상담사 자리로 옮겨왔다는 것이었다. 주리는 형조가 앉았던 자리에서 형조가 사용하던 머그컵을 사용하고 있었다. 전문팀 멤버도 반 이상 물갈이되었다. 죽으면 물 위에 입만 동동 뜰 거라는 비아냥거림을 듣던 종구가 아직까지 전문상담사 자리를 지키고 있다는 건 신기한 일이었다. 담배탑을 쌓을 수 있을 정도로 종구의 담배꽁초가 옥상에 수북이 쌓여가고 있다는 소문이 들려왔지만 말이다.

주리는 상반기까지 콜센터에 다니다가 퇴사할 생각이었다. 처음 콜센터에 들어올 때 세웠던 계획에서 변한 건 없었다. 콜센터를 그만두면 고모가 있는 호주로 갈 것이다. 1년 동안 어학연수를 받고 돌아와 외국계 기업에 취업할 생각이었다.

옆자리 상담사는 꾸벅꾸벅 졸고 있었다. 평일이라 그런지 한가했다. 주리는 친구들의 카카오스토리를 구경했다. 용희의 프로필 사진은 여전히 동민의 뺨에 뽀뽀하는 사진이었다. 남자친구의 질투를 불러일으키고자 한 용희의 목적이 달성되었는지는 모르겠지만 용희는 그와의 이별에 성공한 것 같았다. 용희는 해운대에 다녀온 뒤 그달 말일까지 일하고 콜센터를 그만뒀다. 무단퇴사로 급여를 전부 받지 못한다고 해도 더 이상은 견딜 수 없다고 했다. 갑작스런 결정은 아니었지만 부산 여행이 계기가 된 것은 사실이었다. 용희는 급여를 전부 받아낸 것은 물론이고 노동청에 콜센터를 신고해 퇴직금도 받아냈다. 현아 실장은 설마 퇴직금을 센터가 떼어먹으려는 생각이었겠느냐며 조금 늦게 들어가는 것을 도둑 취급한다면서 착해 보이는 애가 그럴 줄 몰랐다며 괘씸해했다. 주리는 실장이 용희 욕을 할 때 어색하게 웃었지만 자신 역시 퇴직금이 조금이라도 늦어지면 노동청에 신고할 생각이었다. 용희는 어머니 식당에서 일하면서 돈을 모아 창업을 해볼 생각이라고 했다. 아직 업종은 정하지 못했지만 공부방이나 요식업 쪽으로 생각하고 있다고 했다. 며칠 전 용희에게 전화해 동민의 근황을 전한 주리에게 용희는 진담인지 농담인지 이렇게 말했다.

"동민이한테 동업하자고 제안해볼까?"

동민은 1월부터 푸드 트럭을 시작했다. 피자집 사장이 동민에게 사과하고 다시 돌아오라고 했지만 동민은 단호히 거절했다. 주리는 가끔 형조와 함께 동민의 푸드 트럭에 가서 데이트를 했다. 푸드 트럭에는 파란색 물감으로

dongmini pizza라고 적혀 있었다. 동민의 미니피자라는 뜻이라고 했다. 동민은 마지막까지 컵밥과 미니피자 사이에서 고민했지만 과감히 미니피자로 결정했다. 동민은 잘 아는 걸 팔아야 성공할 수 있다고 했다. 형조도 동민의 선택을 지지해주었다.

"잘 생각했어. 결혼도 오래 만난 여자랑 해야지 아무하고나 할 순 없는 거잖아."

동민은 고개를 갸웃거리며 말했다.

"그건 좀 다른 얘기 같은데? 결혼은 반드시 오래 만난 여자랑 할 필요는 없……."

형조는 그날 말 한마디를 잘못했다가 동민의 연애관에 대해 귀가 아프도록 들어야 했다.

동민의 미니피자는 생각보다 맛있었고 생각보다 많이 팔렸다. 시디만 한 작은 피자에는 온갖 토핑이 올려져 있었다. 형조는 동민이 자신을 대가도 없이 시식 아르바이트로 쓰는 바람에 미니피자만 보면 구도가 올라온다고 했지만 주리의 입맛에는 잘 맞았다. 동민은 먹음직한 미니피자를 종이컵에 넣어줬는데 하나 더 먹고 싶다는 생각이 들 정도로 맛있었다. 최소한 미니피자는 배달원의 목숨을 앗아갈 염려도, 상담사의 인격을 모독할 염려도 없었다. 하지만 민원을 넣는 사람들에 의해 종종 자리를 옮겨야 했고 하루 종일 단 한 개도 팔지 못할 때도 있었다. 동민은 푸드 트럭이 잘되면 형조의 학비를 저금리로 빌려주겠다고 큰 소리쳤다. 동민의 푸드 트럭에도 때때로 진상고객이 출몰했다. 맛이 없다고 눈앞에서 피자를 발로 밟아버린 손님도 있었다. 동민은 그런 손님 앞에서도 당황하지 않았다. 동민은 그러고 보니 콜센터에서 진상 백신을 맞아서 면역이 된 것 같다고 너스레를 떨었다.

시현은 감감무소식이었다. 하지만 카카오톡 프로필 사진을 자주 바꾸어서 친구들이 온갖 상상의 나래를 펼칠 수 있는 여지를 제공했다. 어떤 날은 모델처럼 화려하게 차려입은 사진이었고 어떤 날은 국내외 리조트로 추정되는 장소를 찍은 사진이었다. 동민은 시현이 백화점 아나운서가 되었을 거라고 했고 용희는 머리끝부터 발끝까지 빼입고서 하루에 두 탕씩 선을 보고 있을 거라고 했다. 형조는 걱정스러운 표정으로 혹시 시현이 카드빚을 갚기 위해 유흥업소에라도 다니는 거 아니냐고 말했다. 주리 생각에 시현은 지금 한국에 없는 것 같았다. 시현의 카카오톡 프로필 사진에는 푸른 바다가 올라와 있었다. 에메랄드빛 바다는 지중해 바다 같기도 했고 부산 해운대 바다 같기도 했다. 시현은 여전히 도도한 표정으로 소량의 음식을 먹으며 우아하게 사뿐사뿐 걷고 있을 것이었다. 주리는 어디에 있든간에 그저 시현이 바다만큼이나 좋아하는 일을 하고 있었으면 좋겠다고 생각했다.

형조는 계획을 앞당겨 1월 초에 콜센터를 그만두고 노량진 고시원에 들어갔다. 1년 동안 집중해서 공부를 한 다음 시험 결과에 따라 그 이후의 일을 결정할 거라고 했다. 주리와 형조는 일주일에 한 번 만났다. 형조의 공부에 방해가 안 되도록 한 번만 만나기로 결정했는데도 형조는 가끔 말도 없이 콜센터로 찾아왔다. 그러고는 어학연수를 꼭 가야 하느냐고, 꼭 가야 한다면 이 자리에서 망부석이 되어 기다리겠다고 했다. 형조는 날이 갈수록 되지도 않는 유머가 늘어갔다. 주리에게 카카오톡 문자를 보내놓고 빨리 답을 주지 않는다고 투정을 부리기도 했다. 주리는 때때로 연애에 감정 낭비할 시간이 없다고 했던 형조가 그리웠다.

주리는 형조와 만나는 건 좋았지만 아쉬운 데이트를 마치고 집에 오는 길에 가끔 불안했다. 우리는 2년 후에도 함께 있을까. 그때는 형조는 군대에, 주리는 취업에 성공해 해외에 있을 수도 있었다. 이런 생각을 하면 가슴 한구석이 아렸다. 하지만 주리는 아직 오지도 않은 미래 때문에 불안해하지 않기로 했다. 그저 현재의 감정에 충실하기로 했다. 지금 형조와 함께하는 시간도 언젠가는 손에 잡히지 않는

과거가 될 테니까. 설사 헤어지더라도 인연의 끈이 닿아 있다면 길거리에서 마주칠 거라고 믿었다. 미래란 것은 현재에 충실하다는 전제하에 기대해볼 수 있는 것 아닐까.

주리는 늘 가던 식당에서 홀로 식사를 한 다음 옥상으로 걸어 올라갔다. 옥상 풍경은 2년 전과 크게 달라진 것이 없었다. 여기저기서 상담사들이 수다를 떨며 피워대는 담배 연기가 공중에서 흩어지고 있었다. 남자 상담사들은 무리지어 여자 상담사들을 쳐다보며 품평을 하고 있었다. 한 남학생이 여학생에게 다가가 캔커피를 건넸다. 여학생이 캔커피를 받아들자 무리 지은 나머지 남학생들이 우, 하고 함성을 질렀다. 현아 실장은 구시렁대며 담배꽁초를 쓸어 담았고 상담사들에게 어서 내려가라고 재촉했다. 구멍이 숭숭 뚫린 낡은 소파는 검은색 가죽이 다 벗겨져나가 멀리서 보면 원래 무슨 색이었는지 알 수 없게 되었고, 왼쪽 건물 꼭대기 층의 블라인드가 빨간색으로 바뀌어서 시간의 흐름을 실감할 수 있었다.

주리는 사람이 없는 구석 자리에서 한 손에 단어장을 들고 영어 단어를 외웠다. 호주에 가기 전에 어휘력을 한 단계 끌어올리고 싶었다. 다른 상담사들이 피우는 담배 연기가 코끝을 자극했다. 주리는 금연한 지 한 달이 넘어가고 있었다. 이곳에서 시현, 용희와 함께 나란히 붙어 서서 담배를 피우던 것이 까마득한 옛날 같았다. 문득 용희의 말이 떠올랐다.

"아무런 의미를 못 찾겠어. 콜센터에서 일하다 보면 나라는 존재가 깎여나가는 것 같아."

정말 콜센터에서 진상고객에게 시달린 시간은 아무런 의미가 없는 걸까. 주리는 아주 조금은 가치가 있을지도 모른다고 생각했다. 벌써부터 다섯 명이 함께 일했던 시간들이 그리워지기 시작했기 때문이다. ■

나는 4~5년 전에 피자 프랜차이즈 콜센터에서 상담사로 일했다. 그 일은 작은 부스 안에서 혼자 하는 일이었으므로 원체 외로운 일이었지만 나는 이십대 청년들 사이에서 좀 더 외로웠던 것 같다. 대부분은 이십대 학생들이었기 때문에 삼십대 중반이었던 나는 동료들과 친해지기가 힘들었다. 그래도 어린 학생들은 내기 무슨 질문을 하면 늘 진설히 답해주었다. 삼십대 중반에 콜센터에서 일하는 나를 안쓰럽게 생각했던 걸까. 한 남학생은 내게 왜 콜센터에서 일하느냐고 물었다.

"왜긴. 돈 벌려고 하지."

"왜 젊을 때 정규직 구하지 않았어요? 우리 사촌누나는 매일 해외여행 다니는데.”

그 친구의 눈에는 언뜻 동정의 빛이 스쳤다.

“결혼은 했어요? 보험은 드셨어요? 아이는 있어요?”

속사포처럼 몇 가지 질문을 던지던 그가 말을 멈췄다.

“하긴 제가 누굴 걱정하겠어요. 저 역시 15년 뒤에 이곳에 있을지도 모르죠.”

대학을 한 학기 다니다가 휴학했다는 그 친구의 눈에 나는 꽤나 불안해 보였던 모양이다. 겨우 이십대 초반인 그 학생은 만난 지 얼마 안 된 아줌마의 안위를 걱정하는 것으로 모자라 벌써부터 자신의 15년 후를 걱정하고 있었다. 내가 어지간히 안쓰러웠던지 그는 여학생들에게 캔커피를 돌리는 김에 가끔 나에게도 하나씩 쥐여주었다. 그 친구는 나를 ‘누님’이라고 불렀고 나는 그를 ‘사수’라고 불렀다. 나에게 업무에 대해 많은 것을 가르쳐줬기 때문이다.

언젠가 옥상에서 사수를 만났을 때 나는 그에게 하고 싶은 일이 있느냐고 물었다. 사수는 머뭇거리다가 답했다.

“있긴 있는데 불가능해요. 그래서 저는 그냥 살아남는 게 꿈이에요.”

살아남는 거라. 나도 그에게 내 꿈에 대해 말하진 못했다. 언젠가는 소설가가 되고 싶다고. 이곳에서 벗어나고 싶다고. 누님은 꿈이 뭐냐고 되묻지 않은 걸 보니 사수는 나에게 꿈 같은 건 없을 거라고 생각했는지도 모르겠다.

　나는 옥상에 자주 올라갔다. 그곳은 늘 담배 연기로 자욱했는데 상담사들에겐 일종의 도피처였다. 전화를 받다가 힘들 때 눈치껏 그곳에 올라가 공기를 쐬고 와도 되었다. 그곳에서 뿜어져 나오는 담배 연기와 상담사들의 한숨 소리는 하늘 위로 올라가지 못하고 늘 상담사들의 머리께에서 산산이 흩어졌다. 그곳은 걱정과 분노로 가득한 장소였다. 그들이 취업이 되지 않아 걱정하는 것처럼 나 역시 매일 공모전에 떨어지는 것을 걱정하고 있었다.
　우연히 그곳에서 들었던 대화가 이 소설을 시작하게 해주었다. 고객에게 모욕적인 말을 들은 나는 성큼성큼 계단을 걸어 올라가 옥상 문을 활짝 열었다. 나는 옥상 한구석에 몸을 숨기고 앉아 참았던 울음을 터트렸다. 그 대화가 들려온 것은 소리 없는 울음이 잦아들 즈음이었다.
　"너 왜 연애 안 해?"
　"연애에 쏟을 감정이 어디 있냐."
　"진상한테 쏟을 감정은 있고 연애에 쓸 감정은 없냐?"
　나는 옥상 난간에 기대어 대화하는 남학생들의 뒷모습을 한참 동안 쳐다봤다. 이 소설은 우연히 엿어걸린 생생한 대화에서 시작된 셈이다. 다섯 명의 청춘들이 해운대에서 "바다다!"라고 외쳤을 때 글을 쓰던 나도 함께 소리를 질렀다. 바다다!

나름 즐겁게 쓴 소설인데 원고를 읽은 친구들은 하나같이 어쩐지 좀 슬프다고 했다. 공중에 붕 떠버린 수많은 청춘들의 꿈 때문이 아닌가 싶다.

요즘 같은 때에 꿈에 대해 이야기하는 것은 조심스러운지도 모르겠다. 그래도 혹시나 사수가 이 책을 읽게 된다면 하지 못한 말을 하고 싶다. 꼭 너의 꿈을 이루라고.

연합뉴스와 수림문화재단, 수림문학상 심사위원 선생님들, 출판관계자 분들께 고개 숙여 감사드린다.

2018년 가을
김의경

누구나 그렇겠지만 신춘문예 당선 통보를 받은 날이 생생하게 기억납니다. 당시 저는 피자 주문 콜센터에서 일하고 있었습니다. 지독한 진상 고객에게 걸려 며칠 동안 시달리고 있었지요. 평생 콜센터에서 일해라! 전화기 너머 진상 고객은 저에게 이렇게 말했습니다. 그리고 사소한 말로 꼬투리를 잡아 수백 번 "죄송합니다"를 복창하라고 요구했습니다. 죄송합니다. 죄송합니다. 죄송합니다……. 뭘 잘못해서 이런 일을 당해야 하나 절망스러웠습니다. 실장은 진상 고객에게 저를 해고했다고 거짓말을 해서 일을 마무리지었습니다. 하지만 그는 며칠이 지나서 다시 센터로 전화를 걸어 정말로 저를 해고했는지를 확인했습니다. 콜센터에서 일하는 동안 그렇게까지 비참한 기분을 느낀 건 처음이었습니다. 크리스마스를 앞두고 온 국민이 축제 분위기에 휩싸인 날, 신춘문예에 10년째 떨어지고 진상고객에게 시달리는 저 자신이 그렇게나 초라할 수가 없었지요. 눈물이 고일 정도로 비참했던 그 순간 핸드폰 액정 화면에 낯선 번호가 떠올랐습니다. 그렇게 날아온 당선 통보는 구원의 메시지였습니다.

얼굴 없는 진상 고객을 만날 일이 없도록 이곳에서 벗어나 내가 원하는 일을 하겠다고 다짐하며 콜센터를 그만뒀습니다. 앞으로 다시는 진상 고객을 만날 일은 없을 거라고 생각하면서요. 하지만 콜센터를 그만둔 이후로도 그는 끈질기게 저를 따라다녔습니다. 어쩌면 그렇게 지독한 진상 고객을 만나지 않았더라면 이 소설은 쓰이지 않았을지도 모르겠습니다. 얼굴도 본 적 없는 그가 계속 머릿속에 떠올랐고, 그 사람에 대해 상상하면서 소설의 줄거리를 떠올릴 수 있었으니까요.

2018년 가을,《콜센터》를 출간한 뒤 SNS에 올라온 독자들의 리뷰를 찾아 읽었습니다. 인상적인 리뷰가 많았지만 가장 기억에 남는 독자는 우리의 이야기를 써주어서 고맙다는 DM을 보내준 콜센터 상담사였습니다. 무엇보다 현장에 계신 분이 소설을 읽어주셨다는 것이 기뻤습니다.

《콜센터》가 출간되었을 즈음 감정노동자 보호법이 시행되었습니다. 그로부터 7년이 지난 지금, 감정노동자들의 현실은 얼마나 나아졌을까요? 여전히 진상 고객의 갑질에 시달리는 감정노동자들에 대한 뉴스를 쉽게 접할 수 있는 것을 보면 크게 나아지진 않은 것 같습니다. 따라서《콜센터》는 여전히 현재진행형인 '지금 이곳의 이야기'입니다.

개정판 출간을 통해 더 많은 독자들에게 콜센터 상담사들의 외침이 닿길 바랍니다. 그냥 목소리가 아니라 우리와 똑같이 감정을 가진 인간인, 전화기 너머 콜센터 상담사들의 하룻밤 일탈에 기꺼이 동행해주시면 감사하겠습니다.

2025년 겨울
김의경

심사위원

故윤후명·성석제·정홍수·신수정·강영숙

(대표 집필 정홍수)

올해 응모작은 191편으로 작년보다 편수는 조금 줄었지만, 전체적인 작품 수준은 만만치 않았다. 한 달여의 예심을 거쳐 본심에 오른 작품은 〈박쥐〉〈콜센터〉〈창백한 풍경〉〈프랙티스, 프랙티스〉〈인간 콤플렉스〉〈젠틀맨〉 6편이었다. 심사위원들은 2주간의 숙독 과정을 거쳐 9월 12일 수림재단에서 모여 본심을 가졌다. 한 편 한 편 의견을 나눈 끝에 최종 논의 대상은 〈창백한 풍경〉〈젠틀맨〉〈콜센터〉의 3편으로 좁혀졌다.

〈창백한 풍경〉은 남극기지에 파견된 오십대 후반 외과 전문의 여성의 이야기다. 백야와 극야가 번갈아 찾아오는 고립된 극지의 단조롭게 반복되는 시간 사이로 주인공 여성의 순탄치 않은 개인사의 기억들이 교차하는 이 작품은 무엇보다 행간의 침묵을 포함하는 섬세한 문장의 힘이 돋보였다. 단편소설처럼 쓴 장편이라는 평도 있었는데, 소설의 밀도를 끝까지 견지해낸 점도 글쓴이의 만만찮은 내공을 짐작케 했다. 그러나 장편소설로서 갖추어야 할 서사적 활력의 부재는 이 작품이 떨쳐내지 못한 관념성으로부터 기인한다는 지적이 있었고, 극지의 주인공에게 조용히 찾아온 사랑의 사건이 그 섬세한 감정의 교환에서 큰 울림을 끌어내지 못한 것도 비슷한 맥락으로 보였다.

〈젠틀맨〉은 사창가 조폭 남성이 우연히 습득한 대학 학생증을 통해 신원을 바꾸어 대학생으로 변신하면서 전혀 다른 인생을 살아가는 믿기 힘든 이야기를 능란한 솜씨로 밀어붙인다. 계층 간 이동의 문턱이나 삶의 고정성이 생각 이상으로 높고 완강한 현실을 비판적으로 돌아보게 하는 은근한 전언이 없는 것은 아니지만, 전체적으로 〈젠틀맨〉은 이야기의 속도와 현란함에 취하게 만드는 소설이다. 변신한 삶에서 소설가가 된 화자의 회고적 시선으로 그려진다는 점을 고려하더라도 조폭 생활을 하는 인물이 가지기 힘든 언어와 사고가 소설의 전반부를 지배한다는 사실은 이 작품의 리얼리티가 기능적으로 구축되었다는 방증으로 보인다. 소설의 아이러니는 현실을 포착하는 복

콜센터

잡성과 어려움으로부터 얻어져야 하는 게 아닐까. 〈젠틀맨〉의 능란한 솜씨는 끝내 기술적인 차원 이상으로 심사위원들을 설득하지 못했다.

논의 과정에서 여러 차례 나온 '짠하고 아리다'는 감상은 〈콜센터〉의 소설적 미덕을 압축한 표현이었고, 마지막 결정의 순간에 결국 심사위원들의 마음을 움직였다. 피자 배달 주문 센터에서 일하는 다섯 젊은이들의 고단하고 막막한 현재를 화자를 번갈며 보여주는 〈콜센터〉가 그 생생한 디테일에도 불구하고 얼마간 짐작 가능한 세대적 풍경에서 멈추었다는 지적도 있었다. 그러나 이 작품이 정작 섬세하게 스스로 제동을 건 지점은 절망이나 희망과 같은 손쉬운 관념이었고 널리 알려진 사회학적 조망이었다. 〈콜센터〉는 소위 진상고객을 상대로 한 감정 노동의 시간 안에서 이루어지는 뜻밖의 상호 접속과 위로의 순간을 잡아내고, 인물들 스스로가 스스로를 다독이고 일으키는 시간에 끝내 도달한다. 그 현재의 미미하지만 단단한 실체는 이 소설의 '감정 노동'이 일구어낸 소중한 문학적 진실이라 할 만하다. 막막한 대로 사랑을 시작하는 두 연인의 남루하지만 간절한 첫 잠자리는 잊기 힘든 소설적 감흥의 순간을 빚어낸다. 과장과 허세 없이 우리 시대 젊음의 진실에 가닿으려 한 작가의 진정성 어린 수고에 격려를 보낸다.

콜센터

1판 1쇄 발행 2025년 12월 18일

지은이 · 김의경
펴낸이 · 주연선

(주)은행나무
04035 서울특별시 마포구 양화로11길 54
전화·02)3143-0651~3 ┃ 팩스·02)3143-0654
신고번호·제 1997—000168호(1997. 12. 12)
www.ehbook.co.kr
ehbook@ehbook.co.kr

ISBN 979-11-6737-616-9 (03810)